Linda Chapman

Sternenschweif

Geheimnisvolle Verwandlung

Sprung in die Nacht

Der steinerne Spiegel

Umschlaggestaltung von Atelier Reichert, Stuttgart,
unter Verwendung einer Illustration von Silvia Christoph
Farbige Innenillustrationen von Silvia Christoph
Textillustrationen © Biz Hull
Aus dem Englischen übersetzt von Bettina Schaub.

Titel der englischen Originalausgaben:
Linda Chapman: My Secret Unicorn – The magic spell
Linda Chapman: My Secret Unicorn – Dreams come true
Linda Chapman: My Secret Unicorn – Flying high

First published by Puffin Books, London 2002

Weitere Bände dieser Reihe siehe S. 192

Gedruckt auf chlorfrei gebleichtem Papier

ISBN 978-3-440-11603-6

Redaktion: Claudia Steinke und Karina Dick
Gestaltung und Satz: Walter Typografie & Grafik GmbH
Produktion: Angela List
Printed in Italy / Imprimé en Italie

Linda Chapman

Sternenschweif

Geheimnisvolle Verwandlung

Einleitung

Tief in den Bergen war ein steinerner Tisch in dichten Nebel getaucht. Ein Einhorn stand daneben. Schnaubend senkte es seinen edlen Kopf und berührte den Tisch mit seinem schimmernden Horn.
Der Tisch schien für einen kurzen Moment zu beben. Dann begann seine Oberfläche wie ein Spiegel zu glänzen.

Das Einhorn flüsterte einen Namen.

Plötzlich flammte ein violetter Blitz am Nachthimmel auf, und der Nebel begann sich zu lichten. Im Spiegel erschien das Bild eines kleinen grauen Ponys.

Ein zweites Einhorn trat an den Tisch und betrachtete nachdenklich das kleine graue Pony: „Er sucht also immer noch nach seinem richtigen Besitzer, jemandem, der seine magischen Kräfte zum Leben erwecken kann?“

Das Einhorn mit dem schimmernden Horn nickte zustimmend: „Sein letzter Besitzer hat ihn schlecht behandelt.“

Das andere Einhorn schüttelte traurig den Kopf. Sein silbernes Horn erstrahlte im Licht des Spiegels. „Aber irgendwo muss es doch einen Menschen geben, der ein gutes Herz hat und an den Zauber glaubt?“

„Ich glaube, da gibt es jemanden“, antwortete das erste Einhorn sanft. „Sieh nur. Hier kommt sie.“

Kapitel 1

„Wohin soll ich das stellen?", fragte Laura ihre Mutter, während sie mit einem großen Karton in den Armen in die Küche stolperte.

Ihre Mutter kniete inmitten von Umzugskisten auf dem Boden. „Stell ihn einfach irgendwohin, wo Platz ist", antwortete sie.

Laura ging zum Küchentisch hinüber und stellte den Karton darauf ab. Genau in diesem Moment kam Max, ihr jüngerer Bruder, hereingestürmt. Buddy, sein zehn Wochen alter Berner Sennenhund, folgte ihm dicht auf den Fersen.

Der Welpe schlitterte über den Küchenboden, um Mrs Foster zu begrüßen – und landete mitten in einem hohen Stapel Geschirr auf dem Boden, den sie gerade erst ausgepackt hatte. Ein paar Teller fielen mit einem lauten Klirren herunter.

„Oh nein, Buddy", stöhnte Mrs Foster.

„Er kann nichts dafür", verteidigte Max den kleinen Hund. Er lief zu Buddy hinüber und nahm das schwarz-braune Knäuel auf den Arm. „Er hat es einfach noch nicht raus, wie man bremst."

Mrs Foster lachte. „Warum geht ihr zwei nicht hinaus in den Garten?", schlug sie vor. „Da kannst du Buddy zeigen, wie man bremst."

Schnell liefen Max und Buddy in den sonnigen Aprilnachmittag hinaus.

„Pass auf, Max!", rief Mr Foster über den Flur.

Laura drehte sich um und sah, dass die beiden auf ihrem Weg nach draußen beinahe zwei Männer von der Umzugsfirma umgerannt hätten.

Mr Foster, Lauras Vater, beaufsichtigte die Männer, die die Sachen vom Möbelwagen hereintrugen.

„Was soll ich jetzt machen?", fragte Laura ihren Vater.

„Achtung! Aus dem Weg!", übertönte einer der Männer die Antwort ihres Vaters.

Laura trat zur Seite, als der Mann den Computer ihres Vaters hereintrug. Mr Foster raufte sich die Haare. „Vielleicht ist es das Beste, wenn du nach oben gehst und die Sachen in deinem Zimmer auspackst, Liebes?" Ohne ihre Antwort abzuwarten eilte er hinter dem Mann mit dem Computer her. „Bitte seien Sie vorsichtig! Das ist ein ganz besonders empfindliches Stück!"

Laura grinste. Es war bestimmt eine gute Idee, in ihr Zimmer zu verschwinden.

Seltsam, dass die Farm nun ihr neues Zuhause war. Während sie die Treppe hinaufging, dachte Laura an Sally und Anna, ihre beiden besten Freundinnen in der Stadt. Was sie wohl gerade machten? Vielleicht spielten sie „Auf dem Reiterhof" oder sie aßen die leckere Pizza, die Annas Mutter so gerne machte. Laura fragte sich, ob die beiden sie wohl auch vermissten.

Sie fühlte sich ein bisschen einsam, als sie über den Flur zu dem Zimmer am Ende des Ganges ging und die weiß gestrichene Holztür öffnete. Ihr neues Zimmer war klein und hatte eine Dachschräge. Sonnenlicht fiel durch ein kleines Fenster herein.

Laura stieg über die aufeinandergestapelten Umzugskartons und Koffer und setzte sich auf die Bank vor dem Fenster. In Gedanken versunken schaute sie hinaus. In der Ferne ragten die Gipfel der Berge majestätisch in den Himmel, aber Lauras Blick streifte sie nur. Dann richtete er sich auf etwas viel Näheres: den kleinen Stall und die Koppel direkt hinter dem Haus. Bei diesem Anblick fühlte sich Laura nicht länger allein. Was machte es schon, wenn sie noch keine neuen Freunde hier draußen auf dem Land hatte. Morgen würde sie ihr erstes eigenes Pony bekommen!

Als Lauras Eltern Max und ihr vom Umzug aufs Land erzählt hatten, hatten sie gleich als Erstes versprochen, dass jeder von ihnen ein eigenes Tier bekäme. Damit wurde für beide ein Traum wahr. So wie Mr Foster hier auf dem Land seinen eigenen Traum wahr machen wollte, endlich Farmer zu werden.

Max wollte unbedingt einen Hund haben. Und so hatten sie Buddy vor ein paar Wochen gekauft. Er gehörte bereits richtig zur Familie, jeder hatte ihn lieb.

Aber so lange sich Laura erinnern konnte, hatte sie sich immer ein eigenes Pony gewünscht. Und gleich morgen würde sie mit ihrer Mutter zu einer Pferde- und Ponyauktion fahren!

Laura versuchte sich ihr Pony vorzustellen. Welche Farbe es wohl haben wird? Wie groß wird es sein? Und wie alt? Vielleicht ein schwarzes Pony mit vier weißen Fesseln? Oder ein glänzend braunes oder ein schneeweißes mit langer Mähne und glänzendem Schweif? Laura lächelte versunken. Ja, das würde ihr gefallen. Ein wunderschönes weißes Pony.

„Laura!"

Laura schreckte hoch, als ihre Mutter sie von unten rief, und lief zur Tür.

„Ich habe ein paar Kekse ausgepackt", sagte ihre Mutter. „Warum kommst du nicht herunter und teilst sie dir mit Max?"

„In Ordnung", erwiderte Laura und ging nach unten in die Küche.

Als Laura an diesem Abend zu Bett ging, sah ihr Zimmer schon viel gemütlicher aus. Im Schrank hingen ihre Kleider, und sie hatte ihre Bücher und Kuscheltiere ausgepackt.

Mrs Foster strich sanft über Lauras Kopf. „Zeit, schlafen zu gehen."

Aber Laura wollte noch nicht allein sein. Es war die erste Nacht in ihrem neuen Zuhause, und sie fühlte sich irgendwie seltsam. „Liest du mir noch eine Geschichte vor?", bat sie ihre Mutter.

Mit neun Jahren war sie eigentlich schon zu alt, um abends eine Geschichte vorgelesen zu bekommen. Aber dies war keine gewöhnliche Nacht.

Ihre Mutter konnte das gut verstehen. „Natürlich, mein Schatz. Welche möchtest du denn gerne hören?“ Fragend blickte sie auf das Bücherregal.

„Das kleine Pony“, antwortete Laura und kuschelte sich unter ihre Bettdecke. „Das kleine Pony“ war ihre Lieblingsgeschichte. Mrs Foster war Schriftstellerin und sie hatte die Geschichte extra für Laura geschrieben, als sie gerade drei Jahre alt war. Sie handelte von einem kleinen Pony, das nach einem neuen Zuhause suchte. Es hatte fast schon die Hoffnung aufgegeben, als es eines Tages ein kleines Mädchen traf, das seine Freundin wurde. Von diesem Tag an waren die beiden einfach unzertrennlich.

Ihre Mutter setzte sich auf den Bettrand und schlug das Buch auf. Wie jedes Mal begann sie mit dem allerersten Satz. „Für Laura, mein ganz besonderes kleines Mädchen“, las sie leise vor. Dann begann sie die Geschichte. „Es war einmal ein kleines weißes Pony, das nach einem neuen Zuhause suchte ...“

Laura schloss die Augen und lächelte, als sie die vertrauten Worte hörte. Bevor sie einschlief, dachte sie an den nächsten Tag. Morgen um diese Zeit habe ich mein erstes eigenes Pony!

Kapitel 2

Gleich nach dem Frühstück machten sich Laura und ihre Mutter auf den Weg zur Pferdeauktion. Max und ihr Vater blieben mit Buddy zu Hause.

Obwohl es regnete, war schon einiges los auf dem Parkplatz. Pferde wurden hin- und hergeführt, laute Rufe und das Wiehern der Pferde schwirrten durch die Luft.

Streunende Hunde liefen zwischen den Leuten umher, Pferdepfleger eilten mit Striegeln und Sätteln über den Platz.

Laura war ganz aufgeregt. „Wohin gehen wir?“

Ihre Mutter zeigte auf ein Schild. „Die Pferde und Ponys müssten dahinten sein. Die Auktion hat gerade erst begonnen.“

Laura folgte ihrer Mutter durch die Menschenmenge, bis sie zu einem großen, überdachten Vorführplatz kamen.

Dort wurde gerade ein braunes Pferd im Trab gezeigt. Ein Mann stand auf einer erhöhten Plattform und rief Preise aus. Seine laute Stimme übertönte den Regen, der auf das Dach prasselte.

„Eintausendzweihundert werden geboten. Wer bietet mehr?" Die Frau neben Laura hob die Hand. Der Mann nickte.

„Eintausenddreihundert für die Dame auf der linken Seite. Wer bietet mehr?"

Laura drehte sich fragend zu ihrer Mutter. „Der, der am meisten bietet, bekommt das Pferd?"

Ihre Mutter nickte. „Der Auktionator, so heißt der Mann auf der Plattform, erhöht so lange den Preis, bis niemand mehr bietet."

„Bietet irgendjemand mehr als eintausenddreihundert?", rief der Auktionator. Als niemand mehr die Hand hob, ergriff er einen kleinen Hammer und schlug damit laut auf den Tisch: „Zum Ersten, zum Zweiten und zum Dritten! Verkauft an die Dame auf der linken Seite."

Die Frau lächelte zufrieden, und das Pferd wurde aus dem Ring geführt. Ein neues Pferd, ein großer Apfelschimmel, wurde hereingebracht.

„Komm, wir schauen uns ein bisschen um", schlug Mrs Foster vor. Sie gingen auf den riesigen Stall hinter dem Vorführplatz zu. Laura blieb fast die Luft weg. Box um Box reihte sich aneinander. Braune waren zu sehen, Füchse und Graue, und alle warteten darauf, vorgeführt zu werden. Laura fand, dass sie ganz schön groß aussahen.

Ihre Mutter war bereits im Stall verschwunden. Aber Laura wollte sich Zeit lassen und sich erst noch ein bisschen umsehen. Sie wollte nichts verpassen! Vorsichtig wich sie einigen Pfützen aus und bahnte sich ihren Weg durch die Menge. Sie stieß fast mit einer älteren Frau zusammen, die einen bunten Regenschirm trug.

Laura ließ ihr den Vortritt, und sie bedankte sich. Doch plötzlich rutschte die Frau auf dem nassen Boden aus. Fast wäre sie gestürzt. „Vorsicht!", rief Laura erschrocken. Rasch ergriff sie den Ellenbogen der Frau und hielt sie fest, bis sie wieder sicher auf den Beinen stand.

„Oh, noch einmal vielen Dank!" Ein breites Lächeln erschien auf dem Gesicht der Frau.

Sie hatte die freundlichsten blauen Augen, die Laura jemals gesehen hatte.

„Gern geschehen", sagte Laura und lächelte ebenfalls. „Ich heiße Laura."

„Hallo, Laura. Nett, dich kennenzulernen", erwiderte die Frau. „Wenn du heute hier auf der Auktion bist, bist du bestimmt ein großer Pferdenarr."

Laura nickte begeistert. „Ich liebe Pferde über alles! Und heute soll ich mein erstes eigenes Pony bekommen."

Sie wollte nicht wie ein verwöhntes Mädchen klingen, aber sie konnte es einfach nicht für sich behalten.

„Na, du hast ja ein Glück!" Die Frau zwinkerte Laura zu. „Ja, heute bin ich der glücklichste Mensch auf der ganzen Welt!" Laura holte

tief Luft. „Ich sollte jetzt besser gehen. Meine Mutter wundert sich bestimmt schon, wo ich geblieben bin. Haben Sie sich nichts getan?"

„Mir geht es gut, danke. Ich hoffe, du findest ein Pony, das dir gefällt."

Laura bedankte sich. Besorgt hielt sie nach ihrer Mutter Ausschau. Als sie sie entdeckt hatte, drehte sie sich zu der Frau um, um sich von ihr zu verabschieden. Aber sie war schon verschwunden. Laura zuckte mit den Achseln und lief rasch in den Stall zu ihrer Mutter. Sie stand vor einer Reihe Boxen mit Ponys. „Da bist du ja endlich, Laura!", sagte sie. „Ich dachte schon, ich hätte dich verloren."

„Keine Chance." Laura grinste. Aufgeregt betrachtete sie die Pferde. In der ersten Box stand ein kleines schwarzes Pony. Die Box daneben war leer. Aber dann kamen zwei hübsche kastanienbraune Ponys mit fast identischen weißen Sternen auf der Stirn. Neben ihnen stand eine ältere graue Stute mit zierlichen Beinen und einem großen Kopf. Und daneben ein Brauner, der ziemlich frech aussah. Außen an jeder Tür hing eine Karte, die Auskunft über das jeweilige Pony gab.

Aber ein weißes Pony, wie es sich Laura gewünscht hatte, war nicht dabei. Doch das machte nichts. Laura holte tief Luft.

„Sie sind alle wundervoll!", erklärte sie begeistert und drehte sich zu ihrer Mutter um.

„Ich weiß nicht. Dieses ist jedenfalls viel zu klein." Mrs Foster betrachtete zweifelnd das kleine schwarze Pony. „Wir suchen doch ein Pferd, das etwa 1,30 Meter groß und mindestens sechs Jahre alt ist. Ein jüngeres Pony ist einfach noch nichts für dich."

Laura lief zu dem frechen kastanienbraunen Pony hinüber und schaute auf die Karte, die an der Tür hing. „Topper", las sie laut vor. „1,30 Meter groß. Vier Jahre alt." Sie war ein bisschen enttäuscht. Er war viel zu jung. Sie streichelte ihn kurz und ging weiter.

Die graue Stute war zu groß, das schwarze Pony tatsächlich zu klein, und die kastanienbraunen Ponys waren erst drei Jahre alt. Laura lief die Boxen entlang und las die Verkaufskarten. Viel zu schnell erreichte sie das Ende der Reihe. Keines der Ponys schien für sie passend zu sein.

Ihre Mutter strich ihr tröstend über den Rücken. „Vielleicht ist für dich das richtige heute einfach nicht dabei. Wir können zu einer anderen Auktion wiederkommen. Die nächste ist schon in einem Monat."

Ein ganzer Monat! Enttäuscht schaute Laura sich um. So lange konnte sie nicht warten. „Das kleine schwarze Pony ist doch gar nicht soo klein", warf sie verzagt ein. „Und es ist wirklich süß ..."

Genau in diesem Moment erklang vom Eingang her Hufgetrappel. Erwartungsvoll schaute Laura sich um. Ein Mann führte ein etwas verwahrlost aussehendes graues Pony aus dem Tierarzt-Zelt und auf eine noch leer stehende Box zu.

„Ich dachte schon, ich schaffe es nicht mehr rechtzeitig zur Auktion", sagte er, als er Laura und ihre Mutter bemerkte.

Das Pony sah traurig aus. „Hallo, mein Kleiner." Laura ging zu ihm. Als das Pony ihre Stimme hörte, hob es seinen Kopf und stellte neugierig die Ohren auf. Es wieherte leise, und Laura fühlte, wie ihr Herz einen großen Sprung machte. Es war ihr plötzlich ganz egal, ob das

Pony verwahrlost aussah. Dies war genau das Pony, das sie haben wollte.

„Wie alt ist es denn?", fragte sie den Besitzer vorsichtig. „Sternenschweif? Der ist sieben", erwiderte der Mann. Aufgeregt drehte sich Laura zu ihrer Mutter um. „Sternenschweif, was für ein wunderschöner Name! Er hat genau das richtige Alter!" Das Pony machte einen Schritt auf Laura zu und berührte mit seinen Nüstern vorsichtig ihre Hand. Sein Atem fühlte sich ganz warm an, als es sie beschnupperte.

„Können wir ihn kaufen? Bitte!", drängte Laura ihre Mutter. Der Mann lächelte. „Du suchst also ein Pony?"

„Ja", erwiderte Mrs Foster anstelle von Laura. Sie ging auf Sternenschweif zu und musterte ihn aufmerksam. „Warum soll er denn verkauft werden, Mr ...?"

„Roberts, Cliff Roberts", antwortete der Mann und gab beiden die Hand. „Das Pony soll verkauft werden, weil meine Tochter Jana es nicht mehr haben möchte", erklärte er. „Ich habe Sternenschweif erst vor ein paar Monaten gekauft, aber er ist ihr zu ruhig und nicht hübsch genug. Ich habe ihr gerade ein anderes Pony gekauft, mit dem sie auf Turniere gehen kann. Deshalb wollen wir Sternenschweif verkaufen."

„Können wir ihn nicht kaufen?", fragte Laura ihre Mutter noch einmal flehend.

„Auf jeden Fall musst du ihn erst einmal Probe reiten." Ihre Mutter wandte sich an den Besitzer. „Wäre das möglich, Mr Roberts?"

Der Mann lächelte. „Aber natürlich. Es hat aufgehört zu regnen. Ich hole rasch den Sattel."

Ein paar Minuten später ritt Laura rund um den Übungsplatz. Sternenschweif war wundervoll! Schon beim kleinsten Druck ihrer Schenkel ging er schneller und beim leichtesten Ziehen an den Zügeln langsamer. Es war fast, als könnte er ihre Gedanken lesen.

„Das ist wirklich erstaunlich!", rief Mr Roberts überrascht, als Laura mit Sternenschweif am Gatter anhielt und abstieg. „Das hat er bei Jana nie gemacht. Er muss dich wirklich mögen."

„Und wie ich ihn erst mag!!" Lauras Augen strahlten. Sie streckte ihre Hand aus, und das Pony kam näher und blies seinen Atem sanft ins Lauras Gesicht.

„Bitte, bitte, können wir ihn kaufen?", bettelte sie. „Er ist so wundervoll."

„Er scheint auf jeden Fall gut erzogen zu sein." Mrs Foster tätschelte Sternenschweifs Hals. „Vielleicht bieten wir für ihn, wenn er dran ist."

Laura erinnerte sich mit Schrecken daran, dass derjenige, der den höchsten Preis bot, den Zuschlag für das Pony bekam. „Aber jemand anders könnte mehr bieten als wir." Sie war ganz aufgeregt. „Können wir ihn nicht einfach jetzt kaufen?"

„Wenn Sie das möchten, wäre ich damit einverstanden", sagte Mr Roberts zu Lauras Mutter. „Ich müsste die Auktionsgebühr nicht bezahlen und würde dadurch Geld sparen. Wie wäre es mit ..." Er überlegte einen Moment und nannte dann einen Preis. „Den Sattel und das Zaumzeug gebe ich Ihnen noch mit dazu." Laura schaute ihre Mutter beschwörend an und drückte ganz fest beide Daumen. Der Gedanke, dass Sternenschweif auf der Auktion angeboten und an jemand anders verkauft würde, war für sie einfach unerträglich. Oh bitte, flehte sie stumm. Bitte sag Ja.

Ihre Mutter lächelte. „In Ordnung, Mr Roberts. Wir nehmen Ihr Angebot an."

Laura konnte es kaum glauben. Sie war überglücklich. Stürmisch umarmte sie Sternenschweif. „Oh, Sternenschweif, mein Sternenschweif! Jetzt gehörst du mir!"

Das kleine graue Pony schnaubte zufrieden. Ganz so, als würde es sich auch freuen.

Kapitel 3

Sie verabredeten, dass Mr Roberts Sternenschweif am nächsten Morgen vorbeibringen würde. „So haben wir genug Zeit, um alles zu kaufen, was wir noch brauchen, und um die Koppel und den Stall in Ordnung zu bringen“, sagte Mrs Foster zu Laura.

Auf dem Weg nach Hause machten die beiden in einem Reitgeschäft am Stadtrand halt. Eine sehr nette Verkäuferin, Jenny, war ihnen beim Einkauf behilflich. Bald türmten sich Bürsten, ein Erste-Hilfe-Koffer, ein Futtereimer und ein Halfter auf der Ladentheke. Der Stapel wuchs und wuchs, bis Laura endlich alles zusammenhatte, was sie brauchte.

Jenny half ihnen, alles im Auto zu verstauen.

„Viel Spaß mit deinem neuen Pony!“, rief sie Laura zum Abschied zu.

Laura strahlte über beide Backen. „Vielen Dank! Den werde ich bestimmt haben!“

Als Jenny wieder im Laden war, bemerkte Laura eine kleine Buchhandlung, die zwischen dem Reitgeschäft und einem Elektrowarenladen nur wenig Platz hatte. Ein altmodisches, goldenes Schild hing über dem Schaufenster.

MRS FONTANAS NEUE UND GEBRAUCHTE BÜCHER, stand darauf. „Sieh nur, Mum“, sagte sie.

„Sollen wir einen Blick hineinwerfen?“, fragte ihre Mutter.

Laura nickte begeistert. Ihre Mutter liebte Buchhandlungen ebenso wie sie, und diese hier sah äußerst interessant aus.

Sie gingen den Gehweg entlang. Durch das Glasfenster in der Eingangstür sah Laura einen mit Rosen gemusterten Teppich und unzählige Regale voller Bücher.

Mrs Foster öffnete die Tür. Ein Glöckchen erklang, und sie traten ein.

„Wow!“ Laura war begeistert. Überall waren Bücher! Alte Bücher, neue Bücher, und nicht nur in den Regalen. Etliche Bücherstapel türmten sich auch vor den Regalen und im Rest des Ladens. Dazwischen gab es noch genug Platz für ein paar Sessel, die vor einem hübschen Kamin standen. Ein großes Schild lud dazu ein, sich gemütlich hinzusetzen und in den Büchern zu schmökern. Es war die schönste und außergewöhnlichste Buchhandlung, die Laura jemals gesehen hatte.

Plötzlich war ein leises Trippeln zu hören, und ein kleiner weißer Terrier mit einem schwarzen Fleck über dem Auge lief auf sie zu. „Schau nur, Mum!“, rief Laura. Sie kniete sich hin, und der Terrier leckte ihre Hand zur Begrüßung. Mrs Foster beugte sich hinunter und streichelte ihn. „Hallo, Kleiner“, begrüßte sie den Hund.

„Ist er nicht süß?“, schwärmte Laura.

„Ich sehe, Sie haben sich schon mit Walter bekannt gemacht.“

Laura und ihre Mutter blickten auf. Eine ältere Frau kam auf sie zu. Sie trug ein geblümtes Kleid und um die Schultern ein besticktes Tuch. Laura schnappte überrascht nach Luft. Das war die Frau, die sie heute Morgen auf der Auktion getroffen hatte! Diese blauen Augen gab es bestimmt kein zweites Mal.

„Hallo, Laura", sagte die Frau und lächelte sie freundlich an.

„Ihr kennt euch?", fragte Lauras Mutter verwundert.

„Wir haben uns heute Morgen auf der Auktion kennengelernt." Die Frau streckte ihre Hand aus. „Ich bin Mrs Fontana. Mir gehört die Buchhandlung."

„Alice Foster", stellte sich Lauras Mutter vor und schüttelte die ausgestreckte Hand. „Wir sind gerade erst hierhergezogen. Haben Sie etwas dagegen, wenn wir uns ein wenig umsehen?"

„Aber natürlich nicht", erwiderte Mrs Fontana. Sie lächelte Laura zu. „In dem Raum nebenan gibt es jede Menge Bücher, die dir bestimmt gefallen."

Laura ließ ihre Mutter allein weiterstöbern und lief in den nächsten Raum. Dort gab es lauter Kinderbücher. An den Wänden hingen zwar keine bunten Plakate oder Bilder wie in den meisten anderen Buchhandlungen. Dafür lagen viele weiche Sitzkissen auf dem Boden, und auf einem großen Tisch türmten sich die unterschiedlichsten Bücher.

Laura schaute die Stapel rasch durch und entschied sich kurzerhand für ein Buch mit Ponygeschichten.

Sie machte es sich auf einem der Kissen bequem und begann zu lesen.

Plötzlich hörte sie das Getrippel von Pfoten. Es war Walter. Er setzte sich neben sie und schaute sie mit schief gelegtem Kopf an. Laura kraulte ihn unter dem Kinn.

„Er mag dich“, stellte Mrs Fontana fest. Laura fuhr hoch. Die Ladenbesitzerin schien plötzlich wie aus dem Nichts aufgetaucht zu sein.

Wieder lächelte sie Laura zu. „Welches Buch hast du dir ausgesucht?“

Ein wenig schüchtern zeigte Laura ihr das Buch mit den Ponygeschichten.

„Ich dachte mir schon, dass dir das gefallen würde“, sagte Mrs Fontana. Ihre blauen Augen blickten Laura forschend an. „Hast du dein Pony heute Morgen denn gefunden?“

„Oh ja, das habe ich!“, rief Laura immer noch ganz aufgeregt.

„Morgen kommt es zu uns. Es heißt Sternenschweif und ist einfach wundervoll!“

Mrs Fontana starrte sie einen Moment an, dann drehte sie sich schwungvoll herum.

„Weißt du was“, sagte sie über die Schulter. „Ich glaube, ich habe genau das richtige Buch für dich. Es ist hier oben.“

Laura beobachtete, wie Mrs Fontana eine Trittleiter holte und hinaufstieg, um an das oberste Regal zu gelangen. „Da ist es ja.“ Mrs Fontana zog ein verstaubtes, dunkelrotes Buch hervor. Sie kletterte die Leiter wieder herunter und überreichte es Laura.

Laura betrachtete das schwere Buch. Es war in Leder gebunden, und der Titel schimmerte golden. „Geschichte der Einhörner“, las sie laut vor.

Vorsichtig öffnete sie das Buch. Die Seiten fühlten sich ganz weich an und waren durch die Jahre schon gelblich verfärbt. Es war ganz schön dick, und es gab einige ganz tolle Bilder darin: Einhörner, die über den Wolken galoppierten und auf saftigem Gras weideten.

„Das sieht wunderschön aus.“ Laura betrachtete gebannt Seite für Seite.

Mrs Fontana nickte zustimmend. „Das finde ich auch.“

Beim nächsten Bild hielt Laura erstaunt inne. Kein Einhorn war darauf zu sehen. Nur ein kleines graues Pony.

„Das ist ein junges Einhorn“, sagte Mrs Fontana, die das Bild ebenfalls betrachtete.

„Aber es hat doch gar kein Horn!“

„Ja, weißt du, junge Einhörner haben noch kein Horn", erklärte Mrs Fontana. „Das Horn wächst erst, wenn jemand an ihrem zweiten Geburtstag die Zauberworte spricht. Dann erhalten sie ihre magischen Kräfte und werden zu den wundervollen Wesen, die wir Einhörner nennen."

Laura schaute Mrs Fontana erstaunt an. Das klang so, als würde Mrs Fontana tatsächlich daran glauben, dass es Einhörner gab.

„Aber Einhörner leben doch nicht wirklich, oder? Sie sind doch nur erfunden, genauso wie Feen, Drachen und Trolle."

„Du glaubst also nicht, dass es Feen, Drachen und Trolle wirklich gibt?" Mrs Fontana runzelte fragend die Stirn.

„Auf keinen Fall." Laura grinste.

„Und warum nicht?", wollte Mrs Fontana wissen.

Als Laura in Mrs Fontanas blaue Augen blickte, war sie sich gar nicht mehr so sicher. „Na ja, niemand hat sie jemals gesehen", stammelte sie.

„Vielleicht, weil sie nicht gesehen werden wollen", erwiderte Mrs Fontana. Sie schaute sich um. Dann rückte sie noch ein bisschen näher. „Soll ich dir ein Geheimnis verraten? Ich habe ein Einhorn tatsächlich gesehen."

Laura starrte sie entgeistert an.

Mrs Fontana schien ihre Gedanken zu erraten. „Keine Angst, Laura. Ich bin nicht verrückt. Alles, was man braucht, sind die Zauberworte, gesprochen von der richtigen Person, eine Handvoll ganz besonderer Blumen – und natürlich ein Einhorn."

Plötzlich erklangen Schritte. „Bist du fertig?", rief Mrs Foster. „Wir sollten uns jetzt wieder auf den Weg machen."

Mrs Fontana stand sofort auf. Laura hatte das Gefühl, als sei sie aus einem Traum geweckt worden.

„Was ist denn das?", wollte ihre Mutter wissen, als sie das Buch sah.

„Ein ... ein Buch über Einhörner", stotterte Laura und stand ebenfalls auf.

Mrs Foster nahm das Buch in die Hand. Sie betrachtete den weichen Ledereinband und die Bilder, die in allen Farben leuchteten. „Dieses Buch ist bestimmt sehr teuer. Ich glaube nicht, dass wir uns das leisten können."

Laura nickte. Eigentlich hatte sie das auch gar nicht erwartet.

„Aber ich möchte, dass du es bekommst", sagte Mrs Fontana sanft.

Laura schaute sie überrascht an. Die Ladenbesitzerin lächelte. „Betrachte es einfach als Willkommensgeschenk."

„Aber Mrs Fontana, das können wir doch nicht annehmen", wandte Lauras Mutter ein.

„Doch, das können Sie. Es ist ein ganz besonderes Buch, und es braucht ein gutes Zuhause. Eine innere Stimme sagt mir, dass Laura gut darauf aufpassen wird."

„Oh ja, das werde ich ganz bestimmt!", versprach Laura aufgeregt. „Vielen Dank, Mrs Fontana." Vorsichtig ergriff sie das Buch mit beiden Händen und drückte es fest an sich.

Mrs Fontana verabschiedete sich von ihnen. „Kommt bald wieder vorbei“, sagte sie. „Und viel Glück auf der Farm!“

„Wir kommen bestimmt wieder. Und vielen Dank für das schöne Willkommensgeschenk“, erwiderte Mrs Foster.

Mit einem Klingeln fiel die Tür hinter ihnen ins Schloss. Plötzlich durchfuhr es Laura: „Woher wusste Mrs Fontana, dass wir auf die Farm gezogen sind? Wir haben es ihr doch gar nicht gesagt“, fragte sie ihre Mutter.

Mrs Foster stutzte: „Tatsächlich nicht?“

„Nein, bestimmt nicht“, sagte Laura. Ihre Mutter zuckte die Achseln. „Weißt du, das ist eine kleine Stadt. Neuigkeiten sprechen sich hier schnell herum. Aber jetzt komm! Dad und Max wundern sich bestimmt schon, wo wir so lange bleiben.“

Sie stiegen ins Auto. Als ihre Mutter den Wagen startete, drehte sich Laura noch einmal zur Buchhandlung um. Walter saß im Schaufenster und schaute nach draußen. Es sah fast so aus, als würde der kleine Hund ihr zulächeln.

Kapitel 4

Auf dem Heimweg blätterte Laura in dem wunderschönen Buch, das sie gerade geschenkt bekommen hatte. Als sie zu der Seite kam, auf der das junge Einhorn zu sehen war, konnte sie beinahe Mrs Fontanas Stimme hören, die sagte:

„Ich habe ein Einhorn gesehen."

Vorsichtig strich Laura über die Buchseiten. Sie war sich sicher, dass Mrs Fontana sich die ganzen Geschichten über magische Wesen nur ausgedacht hatte. Sie hatte bestimmt kein echtes Einhorn gesehen. Oder etwa doch?

Natürlich nicht, sagte Laura zu sich selbst. Mrs Fontana hatte einfach zu viele Bücher gelesen.

„Na, was habt ihr alles eingekauft?", begrüßte Mr Foster sie. Er war aus dem Haus gekommen, als er den Wagen auf den Hof fahren hörte. Max folgte ihm dicht auf den Fersen.

„Schrecklich viel", rief Laura begeistert, als sie aus dem Auto stieg.

„Kann ich das sehen?" Neugierig öffnete Max den Kofferraum

und zog einen Hufkratzer aus einer der Einkaufstüten. „Was ist denn das?“

„Komm schon, Max“, sagte Mr Foster. „Laura kann uns alles erklären, während wir das Auto ausladen.“

Mrs Foster ging ins Haus, um noch ein paar übrig gebliebene Umzugskartons auszupacken. Laura, Max und ihr Vater trugen die vielen Tüten in den kleinen Schuppen, der Sternenschweifs Sattelkammer werden sollte. Mr Foster schlug zwei große Haken in die Wand, einen für Sternenschweifs Zaumzeug und einen für sein neues, rotblaues Halfter. Dann holte er noch einen Tisch und einen alten gestreiften Teppich aus der Garage.

Mit dem Teppich auf dem Boden, der hell leuchtenden Glühbirne an der Decke und Lauras glänzendem neuen Putzzeug sah die kleine Sattelkammer jetzt richtig gemütlich aus.

Zufrieden schaute Laura sich um. „Das ist wirklich toll geworden!“

„Jetzt fehlt nur noch Sternenschweif", sagte Mr Foster und zwinkerte Laura zu. Laura stellt sich vor, wie Sternenschweifs grauer Kopf aus der Stalltür schauen würde. „Ich kann es kaum erwarten", sagte sie.

Als Laura an diesem Abend zu Bett ging, nahm sie das Buch mit, das Mrs Fontana ihr geschenkt hatte. Sie schlug das erste Kapitel auf. „Noah und die Einhörner", flüsterte sie die Überschrift vor sich hin.

Vor vielen, vielen Jahren bedrohte eine große Flut das Leben aller Tiere und aller magischen Geschöpfe. Die magischen Geschöpfe suchten Zuflucht in Arkadia, einem verzauberten Land, das den Menschen immer verborgen bleiben würde. Währenddessen versammelte Noah zwei Tiere von jeder Art auf seiner Arche, einem großen Schiff, das er selbst gebaut hatte. Als der große Regen begann, erblickte Noah zwei kleine graue Ponys auf den grünen Weiden neben dem immer weiter ansteigenden Meer. Er wollte sie retten und brachte sie zu den anderen Tieren auf seine Arche.

Durch einen magischen Spiegel beobachteten die Einhörner in Arkadia voller Dankbarkeit, wie sich Noah um die beiden Tiere kümmerte. Denn in Wirklichkeit waren diese grauen Ponys junge Einhörner, die noch nicht im Besitz ihrer magischen Kräfte waren. Auf der Flucht nach Arkadia mussten sie von ihrer Herde zurückgelassen werden.

Während sie auf der Arche lebten, kam der Zeitpunkt, als die Einhörner ihre magischen Kräfte erhalten sollten. Aber niemand wusste von ihrem Geheimnis, und eines Tages war es zu spät für die Verwandlung. Die Einhörner in Arkadia trauerten.

Nach einem Jahr sank das Hochwasser. Gemeinsam mit den anderen Tieren ließ Noah die jungen Einhörner frei. Sie mussten auf der Erde bleiben, gefangen in den Körpern von Ponys.

Während die Zeit verging, suchten die Einhörner in Arkadia verzweifelt nach einem Zauberspruch, der den Einhörnern doch noch zu ihren magischen Kräften verhelfen könnte. Es dauerte viele Jahre, bis sie ihn endlich gefunden hatten. Dieser Zauberspruch konnte aber nur dann seine Wirkung entfalten, wenn er von einem Menschen gesprochen wurde, der ein gutes Herz hatte und an die Macht des Zaubers glaubte.

Das mutigste Einhorn setzte all seine Kräfte ein, um auf die Erde zurückzufliegen. Es suchte lange und mit viel Geduld nach einem Menschen, dem es das Geheimnis der Einhörner anvertrauen konnte. Und endlich hatte es ihn gefunden!

Der Zauberspruch wirkte, und die beiden jungen Ponys verwandelten sich. Auf ihrer Stirn wuchsen wunderschöne Hörner, und sie konnten wie Engel durch die Lüfte fliegen. Sie wurden die Freunde des Menschen, der ihnen geholfen hatte, ihre magischen Kräfte zurückzuerlangen. Gemeinsam erlebten sie viele aufregende Abenteuer.

Kapitel 5

Tief in Gedanken ließ Laura das Buch sinken. Alles, was sie über die Einhörner gelesen hatte, klang so echt, überhaupt nicht wie eine erfundene Geschichte. Sie betrachtete das Bild am Ende des Kapitels. Es zeigte ein wunderschönes Einhorn, das hoch über den Wolken dahingaloppierte.

Ich wünschte, die Geschichte wäre wahr, dachte Laura. Ich wünschte, es gäbe immer noch Einhörner auf der Erde. Ich würde ihnen so gerne helfen, ihre Kräfte wiederzuerlangen.

Dann lächelte sie. Vielleicht gab es keine Einhörner, aber Sternenschweif existierte wirklich. Und morgen würde er bei ihr sein!

Gegen zehn Uhr kam Mr Roberts endlich mit Sternenschweif. Er ließ Laura in den Pferdetransporter steigen, und Sternenschweif wieherte ihr zur Begrüßung entgegen.

„Hallo, mein Kleiner“, flüsterte Laura und strich ihm sanft über die Nüstern.

Sternenschweif blickte sie an. Seine dunklen Augen schienen ihren Gruß zu erwidern.

Mr Roberts ließ die Rampe hinab. „Jetzt kannst du ihn herausführen,

Laura!“, rief er. Laura löste Sternenschweifs Strick und führte ihn vorsichtig aus dem Transporter. Ihre Eltern und Max schauten ihr dabei zu.

„Hallo, mein Junge“, sagte Mrs Foster und bot Sternenschweif eine Möhre an.

„Der ist aber ganz schön dreckig“, schimpfte Max, als er Sternenschweif auf die Brust klopfte und eine Staubwolke aufstieg.

Sternenschweif wieherte, gerade so, als ob er Max zustimmen wollte.

Mr Roberts lächelte schuldbewusst. „Meine Tochter ist leider viel zu sehr mit ihrem neuen Pony beschäftigt. Sie hat sich gar nicht mehr um Sternenschweif gekümmert.“ Er schaute Laura an.

„Du bist genau wie Jana. Sie ist auch ganz verrückt nach Ponys.“

Laura war sich da nicht so sicher. Wenn Mr Roberts' Tochter wirklich so verrückt nach Ponys wäre, hätte sie sich besser um Sternenschweif gekümmert. Aber das behielt sie natürlich für sich.

Während ihre Eltern Mr Roberts sein Geld gaben, führten Laura und Max Sternenschweif zu seinem neuen Stall.

„Wirst du ihn jetzt gleich reiten, Laura?“, wollte Max wissen.

„Nein. Ich werde ihn erst einmal gründlich putzen.“

Laura band Sternenschweif außen am Stall an und holte das Putzzeug.

„Kann ich dir helfen?“, bot Max eifrig seine Hilfe an.

„Einverstanden“, sagte Laura und gab ihm eine Bürste mit ganz dicken Borsten, mit der man besonders gut Dreck und Staub entfernen konnte.

Sternenschweif rieb seine Nase liebevoll an Lauras Schulter. Sie strahlte und gab ihm einen Kuss auf die Nase. Nie in ihrem Leben hatte sie sich glücklicher gefühlt!

Zwei Stunden später sah Sternenschweif schon viel besser aus. Laura und Max hatten ihn nicht nur gestriegelt, sondern auch seine Mähne und seinen Schweif gewaschen. Jetzt, ohne den ganzen Staub, wirkte sein Fell nicht mehr schmutzig dunkelgrau, sondern hatte eine schöne, blassgraue Farbe angenommen.

Laura hatte sein altes, abgenutztes Halfter durch das neue, rotblaue ersetzt, das sie mit ihrer Mutter gestern gekauft hatte. Aber trotz all ihrer Mühen sah Sternenschweif immer noch ein bisschen struppig aus. Sein Fell wollte überhaupt nicht glänzen, aber Laura war das egal.

Ihre Mutter half ihr, Sternenschweif zu satteln, und dann ritt Laura ihn zum ersten Mal auf der Koppel. Wie am Tag zuvor schien er genau zu wissen, was sie von ihm wollte, und bald galoppierten sie in völliger Eintracht über den Platz. Als Laura am Gatter anhielt, war ihr Gesicht gerötet, und ihre Augen glänzten. „Er ist einfach wundervoll!" Sie strahlte ihre Mutter an, die sie gemeinsam mit Max beobachtet hatte. „Darf ich mit Sternenschweif ein bisschen in den Wald reiten?" Laura sah ihre Mutter erwartungsvoll an. „Wenigstens ein kleines Stück?"

Die beiden schienen sich wirklich gut zu verstehen. Nach einem kurzen Zögern gab Mrs Foster nach. „Aber bleibt nicht zu lange weg."

„Bestimmt nicht. Versprochen." Schnell stieg Laura wieder auf und ritt mit Sternenschweif aus der Koppel.

Hinter dem Haus gab es einen dichten Wald. Als sie mit Sternenschweif unter den Bäumen entlangritt, fühlte sie, wie er seine Ohren aufstellte und schneller ging.

Laura lächelte glücklich. „Hier gefällt es dir, nicht wahr?"

Sternenschweif schnaubte wie zur Bestätigung und begann zu traben. Laura hatte nichts dagegen, und bald fing Sternenschweif an zu galoppieren. Sie folgten dem Weg tiefer in den Wald. Es war so still, dass sie nur den dumpfen Klang von Sternenschweifs Hufen auf dem weichen Waldboden und das Zwitschern der Vögel in den Baumkronen hörte. Laura hätte ewig so weiterreiten können! Aber dann fiel ihr ein, was sie ihrer Mutter versprochen hatte. Also ließ sie Sternenschweif in einen gemütlichen Schritt zurückfallen. Sie mussten umkehren.

Doch plötzlich drehte er den Kopf zur Seite. Ein schmaler Pfad zweigte vor ihnen vom Hauptweg ab. Sternenschweif zog an den Zügeln und wollte die Abzweigung erkunden, aber Laura hielt ihn zurück. „Nein. Wir müssen jetzt wirklich wieder nach Hause, Sternenschweif", ermahnte Laura ihn. Aber er versuchte es noch einmal und zog an den Zügeln.

„Beim nächsten Mal reiten wir hier entlang", versprach Laura ihm. Widerwillig gab er nach, sie drehten um und ritten zur Farm zurück.

Als Laura an diesem Abend im Bett lag und ihr Einhornbuch aufschlug, stieß sie auf ein Bild, das sie ewig hätte anschauen können.

Einhörner grasten auf einer saftigen Weide, die mit violetten, sternförmigen Blüten bedeckt war. Der Himmel leuchtete rosa und war mit orangenen und goldfarbenen Streifen überzogen, so als würde die Sonne gerade untergehen. Laura begann zu lesen ...

Als die beiden Einhörner alt geworden waren, kehrten sie nach Arkadia zurück. Die ältesten der Einhörner beschlossen, dass von nun an immer junge Einhörner auf die Erde geschickt werden sollten, um gute Taten zu vollbringen. Eigentlich sehen sie wie kleine Ponys aus. Jedes von ihnen hofft, den Menschen zu finden, der ihm helfen kann, seine magischen Kräfte zum Leben zu erwecken. Dafür braucht man den richtigen Zauberspruch, ein Haar aus der Mähne des Einhorns, die Blütenblätter der Mondblume und das Licht des Silbersterns, der nur für zehn Minuten nach Sonnenuntergang scheint.

Laura blätterte weiter und stieß auf das Bild des jungen Einhorns, das sie gemeinsam mit Mrs Fontana betrachtet hatte. Es sah genauso struppig und grau aus wie Sternenschweif.

Vielleicht ist Sternenschweif ja auch ein Einhorn, dessen magische Kräfte noch nicht zum Leben erweckt wurden, durchfuhr es Laura plötzlich.

Dann musste sie lächeln. Sie war wirklich richtig albern. Schließlich war das doch nur eine Geschichte, die sich jemand ausgedacht hatte. Und Sternenschweif ein ganz normales Pony.

Oder etwa doch nicht?

Kapitel 6

Am nächsten Morgen machten sich Laura und Sternenschweif gleich nach dem Frühstück wieder auf den Weg in den Wald. Laura fühlte sich ein wenig einsam, als sie so allein unterwegs war. Ich wünschte, jemand würde mit mir ausreiten, dachte sie. Aber vielleicht würde sie ja neue Freunde finden, wenn die Schule wieder begann.

Als sie die ersten Bäume erreichten, stellte Sternenschweif seine Ohren auf und zog an den Zügeln. Er war ungeduldig und wollte schneller gehen.

„Ist ja schon gut", sagte Laura und ließ ihn traben. Sie waren vielleicht zehn Minuten geritten, als Sternenschweif plötzlich stehen blieb.

„Komm, mein Kleiner, geh weiter", trieb Laura ihn an. Aber Sternenschweif rührte sich nicht vom Fleck. Er schüttelte den Kopf und blickte ständig nach links.

Plötzlich fiel Laura auf, dass sie genau an der Stelle von gestern angekommen waren, wo links vom Hauptweg der Seitenweg abzweigte. Den wollte Sternenschweif auch heute wieder unbedingt erkunden.

Sie überlegte einen Moment. Es würde doch niemand etwas dagegen haben, wenn sie dort ein Stück entlangritten?

„In Ordnung“, gab sie nach. Neugierig lenkte sie Sternenschweif auf den Weg. Der Pfad war schmal, und die Bäume bildeten ein undurchdringliches Dach über den beiden. Kaum ein Sonnenstrahl drang hindurch. Es war, als würden sie durch einen langen, grünen Tunnel reiten. Stille umschloss sie, und Laura begann sich zu fragen, wohin der Weg sie wohl führen würde.

„Vielleicht sollten wir lieber umkehren“, flüsterte sie Sternenschweif zu. Aber das Pony zog eifrig an den Zügeln. Es wollte auf keinen Fall umkehren.

Auf einmal wurde es in der Ferne heller. Es sah aus, als würden sie bald das Ende des Blättertunnels erreichen.

Laura war gespannt, wo der Weg sie wohl hinführen würde. Sie ließ Sternenschweif weitertraben, und das Pony trug sie aus dem Wald hinaus auf eine grüne Lichtung.

Hier war es wunderschön. In der Mitte der Lichtung erhob sich ein sanft gewellter Hügel, der über und über mit violetten Blumen bedeckt war. Darüber tänzelten gelbe Schmetterlinge im Sonnenlicht.

Sternenschweif ging auf den Hügel zu. Als Laura

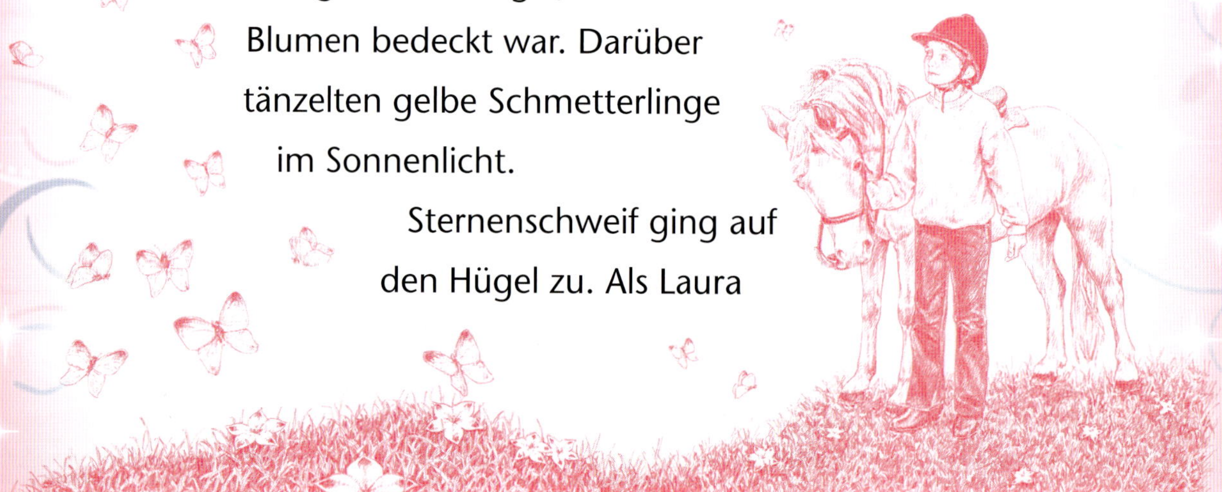

genauer hinschaute, erkannte sie, dass die Blumen wie kleine Sterne aussahen. Ein kleiner goldener Punkt schmückte die Spitze jedes Blütenblattes. Laura stutzte. Sie war sich ganz sicher, dass sie diese Blüten schon einmal gesehen hatte. Aber sie wusste nicht mehr, wo.

Sternenschweif schnaubte leise und senkte seinen Kopf. Laura dachte, er wollte von den Blumen naschen, und zog ihn zurück. „Nein, Sternenschweif! Die solltest du besser nicht fressen!"

Aber dann bemerkte sie, dass er gar nicht fressen wollte, sondern nur an ihnen schnupperte. Laura wurde neugierig und stieg ab.

Sie nahm die Zügel in die Hand und schaute sich die Blumen ganz genau an. Wo hatte sie sie bloß schon einmal gesehen?

Sternenschweif wieherte und stupste sie an, als ob er ihr etwas sagen wollte. Laura schüttelte den Kopf. Er ist doch nur ein Pony, ermahnte sie sich.

Sie blickte sich um. Die Lichtung war so schön und friedlich, dass sie gar nicht wieder fortwollte. Aber sie wusste genau, dass sie sich auf den Heimweg machen mussten. Also stieg sie wieder auf und ritt mit Sternenschweif in den Wald zurück.

Als sie wieder auf den Hauptweg kamen, begrüßte sie das Zwitschern der Vögel in den Baumkronen. Laura trieb Sternenschweif an, und die beiden galoppierten nach Hause zurück.

Kaum angekommen, lief Laura in das Arbeitszimmer ihres Vaters, in dem es viele Bücher über Pflanzen gab. Sie nahm das größte aus dem Regal und blätterte das Kapitel über Waldblumen durch. Sie entdeckte einige mit violetten Blüten. Doch keine von ihnen hatte sternenförmige Blüten oder goldene Punkte auf den Blütenblättern. Laura suchte noch in zwei weiteren Büchern, aber sie konnte keine Blume finden, die genauso aussah wie die auf der Lichtung.

Enttäuscht schlug sie das letzte Buch zu und seufzte. Sie war sich so sicher, dass sie die Blumen schon einmal irgendwo gesehen hatte.

„Ach, da bist du. Ich habe dich gesucht." Mrs Foster betrat das Arbeitszimmer. „Was machst du denn?"

„Ich wollte nachschauen, wie eine Blume heißt, die ich im Wald gesehen habe", antwortete Laura. Sie überlegte, ob ihre Mutter sie vielleicht kannte. „Sie ist violett, sieht aus wie ein Stern, und die Spitze der Blütenblätter hat einen goldenen Punkt."

„Tut mir leid, so eine Blume habe ich noch nie gesehen. Sie ist bestimmt sehr selten. Aber", ihre Mutter wechselte das Thema, „jetzt müssen wir dir erst einmal ein paar Sachen für die Schule besorgen. Warum gehst du nicht rasch nach oben und ziehst dich um? Dann fahren wir zum Einkaufen in die Stadt."

Laura war sofort einverstanden. Sie lief in ihr Zimmer und suchte sich schnell ein paar saubere Jeans und einen Pullover heraus. Das Einhornbuch lag auf ihrem Nachttisch. Die Seite mit den grasenden Einhörnern war immer noch aufgeschlagen. Während Laura in ihre Jeans schlüpfte, schaute sie das Bild an: die Einhörner, das saftige Gras, die violetten Blumen ... Die violetten Blumen!

Ungläubig starrte Laura auf das Bild. Das waren doch genau die gleichen Blumen, die sie heute Morgen auf der Lichtung im Wald gesehen hatte!

Kapitel 7

Laura riss das Buch an sich. Die Blumen auf dem Bild hatten auch die Form eines Sterns und einen goldenen Punkt auf den Blütenblättern. Ein total verrückter Gedanke durchfuhr sie. Hatte sie nicht gelesen, dass Einhörner, die in der Gestalt von Ponys gefangen waren, befreit werden konnten, wenn man den richtigen Zauberspruch aufsagte und dabei eine bestimmte Blüte in den Händen hielt?

Was wäre, wenn die Blumen, die sie im Wald entdeckt hatte, genau die wären, die man für die Verwandlung brauchte?

Aufgeregt blätterte sie weiter. Endlich fand sie die Stelle, wo beschrieben wurde, wie solche Ponys in Einhörner verwandelt werden konnten. In der Mitte der Seite war eine kleine violette Blume abgebildet, die genauso aussah wie die im Wald. Darunter stand:

Die Mondblume: eine seltene,
violett blühende Pflanze, die für den
Verwandlungszauber benötigt wird.

Laura stockte der Atem. Sie hatte die Blume gefunden!

Die Blume, die den Einhörnern ihre magischen Kräfte zurückgeben konnte. Laura erinnerte sich, wie Sternenschweif an den Blumen auf der Lichtung geschnuppert hatte.

Vielleicht war die Geschichte tatsächlich wahr. Und vielleicht, wer weiß, war Sternenschweif wirklich ein Einhorn, das befreit werden musste! Und sie könnte ihm seine wahre Gestalt als Einhorn schenken. Ihr Herz raste bei dem Gedanken. Wenn sie nur den Zauberspruch fände, dann würde sie es ausprobieren.

„Laura! Wo bleibst du denn?“, rief ihre Mutter von unten. Laura wollte das Buch am liebsten gar nicht wieder aus der Hand legen. Bestimmt war der Zauberspruch irgendwo da drin zu finden.

„Laura!“, rief ihre Mutter lauter. Zögernd klappte Laura das Buch zu. „Ich komme ja schon“, antwortete sie und lief die Treppe hinunter.

Eigentlich kaufte Laura schrecklich gerne Sachen für das neue Schuljahr ein. Aber nicht heute. Das Einzige, woran sie denken konnte, war, ob Sternenschweif ein Einhorn war.

Nachdem sie alle Einkäufe erledigt hatten, hielt Mrs Foster auf dem Nachhauseweg am Reitgeschäft an, um noch einige zusätzliche Futtereimer zu kaufen. Da kam Laura eine Idee. „Darf ich so lange in den Buchladen gehen?"

„Einverstanden. Ich komme dann in ein paar Minuten nach." Aufgeregt lief Laura los. Die Türglocke klingelte fröhlich, als sie den Buchladen betrat. Drinnen sah es genauso aus, wie Laura es in Erinnerung hatte: die Bücherstapel, die Regale voller Bücher, der mit Rosen gemusterte Teppich. Sie erblickte die Besitzerin im hinteren Teil der Buchhandlung. „Hallo, Mrs Fontana!"

Überrascht drehte sich die Buchhändlerin um. „Hallo, Laura! Schön, dich wiederzusehen. Was kann ich für dich tun?"

Auf einmal fehlten Laura die Worte. Mrs Fontana sah so normal aus, dass die Idee, sie zu fragen, ob sie den Einhornzauber kannte, ihr jetzt ausgesprochen dumm vorkam. „Ähm ... nun ja ... ich ...", stotterte Laura herum.

„Hast du mittlerweile ein Einhorn gesehen?", fragte Mrs Fontana sie verschwörerisch.

Laura hörte auf zu stottern und starrte Mrs Fontana entgeistert an.

„Deshalb bist du doch zu mir gekommen, nicht wahr? Um mit mir über Einhörner zu sprechen."

Laura verschwendete keinen Gedanken daran, wie Mrs Fontana das wissen konnte. „Ist die Geschichte wirklich wahr?", sprudelte es nur so aus ihr heraus.

Die Ladenbesitzerin lächelte. „Sie ist wahr für die, die daran glauben."

„Kennen Sie den Zauberspruch?" Jetzt traute sich Laura die Frage zu stellen, die ihr keine Ruhe mehr ließ.

„Ich kenne ihn. Aber ich darf ihn dir nicht verraten. Jeder, der ein Einhorn erlösen möchte, muss allein die richtigen Worte finden. Alles, was du dafür brauchst, hast du bereits."

„Aber ..." Laura wollte ihr gerade widersprechen, als Walter plötzlich laut zu bellen anfing. Die Ladentür ging auf, und Lauras Mutter kam herein.

„Hallo, Mrs Fontana."

„Hallo!", erwiderte die Besitzerin der Buchhandlung lächelnd. „Haben Sie sich schon ein wenig in Ihrem neuen Zuhause eingelebt?" Ihre Stimme klang auf einmal nicht mehr so geheimnisvoll.

Frustriert wartete Laura, während sich die beiden Erwachsenen unterhielten. Wenn Mrs Fontana den Zauberspruch wirklich kannte, warum sagte sie ihn ihr dann nicht einfach? Sie musste sie unbedingt noch einmal danach fragen. Aber solange ihre Mutter danebenstand, ging das natürlich nicht.

Die Worte von Mrs Fontana gingen ihr nicht aus dem Kopf: Du hast bereits alles, was du dafür brauchst. Was hatte sie bloß damit gemeint?

Als Laura abends im Bett lag, beschloss sie, das ganze Buch von der ersten bis zur letzten Seite zu lesen. Na dann los!

Sie erfuhr, dass die magischen Wesen nach der großen Flut beschlossen, nicht wieder auf die Erde zurückzukehren, sondern in

Arkadia zu bleiben. Sieben goldene Einhörner herrschten über das magische Land. Durch einen Zauberspiegel konnten sie beobachten, was auf der Erde passierte.

Gebannt las Laura jedes Wort. Doch den Zauberspruch konnte sie nicht finden.

Als sie am nächsten Morgen aufwachte, lag das Buch neben ihrem Bett auf dem Boden. Zwei Kapitel hatte sie nicht mehr geschafft. Am liebsten hätte sie gleich weitergelesen, aber es war schon sieben Uhr. Zeit, aufzustehen und Sternenschweif zu füttern. Sie konnte ja lesen, während er frühstückte.

Laura nahm das Buch mit in die Sattelkammer. Dann holte sie Sternenschweif von der Koppel und brachte ihn in den Stall. Hastig machte sie sein Futter zurecht. Je schneller Sternenschweif sein Frühstück bekam, desto eher konnte sie weiterlesen.

Sie füllte die Futterkrippe und holte das Buch aus der Sattelkammer. Laura machte es sich auf einem umgedrehten Futtereimer neben dem fressenden Sternenschweif gemütlich und begann, die letzten beiden Kapitel zu lesen. Irgendwo musste der Zauberspruch doch zu finden sein!

Plötzlich bemerkte Laura, dass Sternenschweif aufgehört hatte zu fressen und sie aufmerksam beobachtete. Er schnaubte einmal und kam dann zu ihr herüber. Sanft blies er auf das Buch in ihrem Schoß, und die Seiten schlugen um.

„Oh nein, Sternenschweif! Jetzt hast du mir die Seite verblättert!“

Aber noch bevor Laura zurückblättern konnte, schnaubte Sternenschweif noch einmal.

„Was machst du denn da?" Verdutzt sah sie, wie Sternenschweif mit seinen Nüstern behutsam die letzte Seite des Buches berührte. Ein kleiner, feuchter Fleck blieb auf dem Papier zurück. Gerade als Laura seinen Kopf verdutzt wegschieben wollte, entdeckte sie, dass die letzte Seite mit dem Buchdeckel verklebt worden war.

Eine Ecke der Seite war umgeknickt und flatterte etwas, als Sternenschweif wieder in das Buch blies.

Vorsichtig zog Laura am Papier und löste die Seite ab.

Sie traute ihren Augen kaum: Auf dem Buchdeckel standen fein säuberlich geschriebene Worte in verblasster Tinte. Es sah aus wie ein Gedicht. Das wird doch nicht ... Plötzlich begriff sie: Sie hatte den Zauberspruch gefunden!

Kapitel 8

Laura zitterte vor Aufregung, als sie die verblassten Worte las:

Silberstern, Silberstern,
hoch am Himmel, bist so fern.
Funkelst hell und voller Macht,
brichst den Bann noch heute Nacht.
Lass dies Pony grau und klein
endlich doch ein Einhorn sein.

Lauras Blick flog hinüber zu Sternenschweif. „Sieh nur, Sternenschweif. Ich kann es kaum glauben! Endlich haben wir den Zauberspruch gefunden!“

Sternenschweif senkte den Kopf, gerade so, als hätte er das schon vorher gewusst.

Entschlossen sprang Laura auf. Sie musste mit Sternenschweif noch einmal zu der Lichtung reiten und eine der violetten Blumen pflücken!

Laura konnte es kaum erwarten, bis Sternenschweif sein Frühstück verdaut hatte. Vorher durfte sie aber nicht losreiten,

weil ihm das schaden könnte. Dann endlich konnte sie ihn satteln und sich auf den Weg zur Lichtung machen. Sternenschweif schien genau zu wissen, wohin sie ritten. Seine Ohren waren erwartungsvoll nach vorne gerichtet, während er den Weg bis zu dem kleinen Seitenpfad entlanggaloppierte.

Sie folgten ihm, bis sie wieder auf die sonnige Lichtung stießen. Sie sah noch genauso aus wie am Tag zuvor. Schmetterlinge tanzten über den Blüten, und die Luft schien geheimnisvoll zu flirren.

Schnell stieg Laura ab und führte Sternenschweif zu dem kleinen Hügel. Eine einzelne violette Blume lag dort im Gras auf dem Boden. Als Laura sie behutsam aufhob, fühlte sie, wie ein leichtes Schaudern ihren Rücken hinunterlief.

Sie spürte Sternenschweifs warmen Atem an ihrer Schulter und blickte ihn an. „Oh, Sternenschweif", flüsterte sie, „ich wünsche mir so sehr, dass der Zauber wirkt!"

Am Nachmittag fragte Laura ihren Vater, wann die Sonne untergehen würde.

In ihrem Buch stand, dass der Stern nur für zehn Minuten nach Sonnenuntergang schien und dass die Zauberworte in dieser Zeit ausgesprochen werden mussten.

„So gegen sieben Uhr", antwortete ihr Vater. „Warum willst du das denn wissen?"

„Ach, nur so", wich Laura ihm aus.

Um halb sieben gab es Abendbrot. Laura aß hastig ihren Teller leer. „Darf ich schon aufstehen?"

Ihre Mutter blickte sie verwundert an. „Erst, wenn alle fertig sind. Das weißt du doch, Laura."

Also blieb ihr nichts anderes übrig, als sitzen zu bleiben. Durch das Küchenfenster sah sie, wie die Sonne tiefer und tiefer sank. Oh nein! Sie würde den Sonnenuntergang verpassen!

Endlich war auch ihr Vater fertig. „Das war wirklich lecker!"

Noch bevor er zu Ende gesprochen hatte, sprang Laura auf. „Jetzt kann ich aber zu Sternenschweif gehen, oder?", fragte sie ihre Mutter ungeduldig.

„Von mir aus. Raus mit dir."

Laura schnappte sich ihre Jacke und lief, so schnell sie konnte, in die Sattelkammer. Sie schnappte sich das Buch, das sie dort liegen gelassen hatte, und rannte weiter zur Koppel. Das Herz schlug ihr bis zum Hals. Was würde wohl passieren? Würde der Zauber wirklich funktionieren?

Sternenschweif stand schon am Tor. Er wieherte, als er Laura kommen sah. Laura führte ihn in die entlegenste Ecke der Koppel, die von Bäumen verdeckt wurde.

Sobald sie vom Haus aus nicht mehr zu sehen waren, zupfte Laura behutsam ein einzelnes Haar aus Sternenschweifs Mähne. Dann öffnete sie das Buch und nahm die violette Blüte aus ihrer Hosentasche. Die goldenen Punkte schienen im Licht der untergehenden Sonne zu leuchten.

Laura schaute nach oben. Die Sonne versank gerade hinter dem Horizont. Mit zusammengekniffenen Augen suchte sie nach dem Stern. Aber am Himmel war nichts zu sehen. War sie zu spät gekommen? Sternenschweif wieherte ungeduldig.

„Pssst, ganz ruhig, mein Kleiner." Laura tätschelte ihn beruhigend. Dann blickte sie noch einmal in den Himmel, und ihr Atem stockte. Hoch über ihnen war ein strahlender Stern aufgegangen. Die Zeit für den Zauberspruch war gekommen!

„Bitte, bitte, verwandele Sternenschweif in ein Einhorn!", flehte Laura. Sie wünschte sich so sehr, dass es gelingen würde.

Sie holte tief Luft und zupfte Blütenblatt für Blütenblatt ab. Dabei sagte sie den Zauberspruch auf:

Silberstern, Silberstern,
hoch am Himmel, bist so fern.
Funkelst hell und voller Macht,
brichst den Bann noch heute Nacht.
Lass dies Pony grau und klein
endlich doch ein Einhorn sein.

Nach dem letzten Wort hielt sie erwartungsvoll den Atem an.

Doch nichts geschah.

Laura sah auf die Blütenblätter in ihrer Hand und war maßlos enttäuscht. Also war alles doch nur ein Märchen! Es gibt eben keine Einhörner!

Als sie Sternenschweif anschaute, füllten sich ihre Augen mit Tränen. Sie hatte sich so sehr gewünscht, dass er sich in ein Einhorn verwandelte.

Sie schluckte mühsam und ließ die Blütenblätter auf den Boden fallen. Plötzlich flammte ein violetter Blitz auf. Er war so hell, dass Laura ihre Augen schließen musste. Als sie sie wieder öffnete, stockte ihr der Atem.

Sternenschweif war verschwunden!

Kapitel 9

Entsetzt drehte Laura sich im Kreis und suchte nach ihrem Pony. Plötzlich erblickte sie über sich in den Wolken ein schneeweißes Einhorn. Seine Hufe und sein Horn glänzten silbern, seine Mähne und sein langer Schweif wehten im Wind.

„Sternenschweif, bist du das?“ Laura konnte es kaum fassen.

„Ja“, erwiderte das Einhorn, „ich bin es wirklich. Es ist noch etwas ungewohnt für mich hier oben. Schließlich fliege ich zum ersten Mal in meinem Leben. Hoppla ...“ Er steuerte etwas wackelig auf Laura zu und wäre beinahe an einem Ast hängen geblieben. Aber dann landete er sicher neben ihr auf der Weide. „Hallo!“ Er ging auf Laura zu und schmiegte liebevoll seinen Kopf an ihre Schulter.

Obwohl seine Lippen sich nicht bewegten, konnte Laura ihn klar und deutlich verstehen.

„Du kannst ja sogar sprechen!“, stellte sie erstaunt fest.

„Aber nur, solange ich ein Einhorn bin“, erklärte ihr Sternenschweif. „Und du kannst mich nur hören, wenn du mich berührst oder ein Haar aus meiner Mähne in deinen Händen hältst.“

„Ich kann einfach nicht glauben, dass du tatsächlich ein Einhorn bist!“

Sternenschweif lachte vergnügt. „Ich bin aber wirklich eins. Ich war in meinem Ponykörper gefangen. Doch du hast mich befreit und das bedeutet, dass du von nun an meine Einhorn-Freundin bist.“

„Deine Einhorn-Freundin?“, fragte Laura ungläubig.

„Genau. Jedes Einhorn ist auf der Suche nach seinem Einhorn-Freund, mit dem es gemeinsam stark sein und anderen helfen kann.“

„Dann stimmt also alles, was in dem Buch steht?“ Laura konnte es immer noch nicht glauben.

„Jedes Wort.“ Sternenschweif schüttelte fröhlich seine lange Mähne. Dann kniete er vor ihr nieder. „Komm, steig auf meinen Rücken und lass uns versuchen, gemeinsam zu fliegen. Du musst allerdings entschuldigen, wenn ich am Anfang noch etwas unsicher bin.“

Gespannt und nur ein ganz klein bisschen ängstlich griff Laura in seine Mähne und stieg auf. „Und wenn ich herunterfalle?", fragte sie.

„Keine Angst. Das wirst du nicht. Solange ich ein Einhorn bin, kannst du gar nicht herunterfallen. Meine Einhornkräfte schützen dich."

Laura hielt sich zur Sicherheit doch lieber an seiner Mähne fest.

„Hui, aufgepasst, jetzt geht es los!", rief er Laura zu.

Seine Hufe flogen über das Gras. Kraftvoll schlug Sternenschweif mit den Hinterbeinen aus, und mit einem Satz stieg er hoch in die Luft. Laura wurde ziemlich durchgeschüttelt. Doch Sternenschweif beruhigte sie. „Keine Sorge. Ich muss nur noch mehr üben."

Laura griff zur Sicherheit noch etwas fester in seine Mähne.

Dann schaute sie nach unten. „Wow!" Sie konnte es einfach nicht glauben, dass sie tatsächlich durch die Luft ritt!

Sternenschweif flog höher und höher, den Sternen entgegen, und Lauras Haare wehten im Wind. Seine Sprünge wurden immer gleichmäßiger. Sie war überglücklich. „Das ist einfach wundervoll!"

Sie schaute wieder nach unten. Dort zogen die Wipfel der Bäume an ihnen vorüber.

Plötzlich erblickte sie eine Frau auf einem Weg im Wald. Ein kleiner weißer Terrier lief neben ihr her. „Das ist ja Mrs Fontana!" Mrs Fontana sah nach oben und winkte.

„Hallo, ihr da oben!“ Sternenschweif setzte zur Landung an und kam sanft neben ihr auf dem weichen Gras auf.

Rasch kletterte Laura von seinem Rücken.

„Mrs Fontana!“ Sie war noch ganz atemlos.

Mrs Fontana lächelte: „Wie ich sehe, hast du einen neuen Freund gefunden.“

Laura nickte begeistert. „Vielen Dank, dass Sie mir das Buch gegeben haben!"

„Es wurde Zeit, dass es einen neuen Besitzer bekam", entgegnete Mrs Fontana bestimmt. „Aber du musst mir versprechen, dass das Geheimnis bei dir gut aufbewahrt ist. Die Macht eines Einhorns ist sehr groß. Schlechte Menschen könnten in Versuchung geraten, diese Macht für ihre eigenen Zwecke zu nutzen. Du darfst also mit niemandem darüber sprechen. Das verstehst du doch sicher?"

Laura war enttäuscht. Sie hatte sich schon ausgemalt, wie erstaunt ihre Eltern sein würden, wenn sie ihnen alles erzählte. Doch sie sah ein, dass Mrs Fontana recht hatte. „Ich verspreche es. Ich werde niemandem davon erzählen."

„Das ist gut", lobte Mrs Fontana. „Und jetzt", fuhr sie fort und schien dabei ein Stück Papier aus der Luft zu greifen, „gebe ich dir den Zauberspruch, mit dem du Sternenschweif wieder in ein Pony verwandeln kannst. Du musst ihn aufsagen, sobald ihr wieder zu Hause seid."

Mit diesen Worten übergab Mrs Fontana ihr das Papier. Darauf stand:

Strahlendes Einhorn, zauberhaft und voller Macht,
du leuchtest hell in dunkler Nacht.
Kein fremdes Aug' darf dich entdecken,
deine wahre Gestalt musst du verstecken.
Magisches Einhorn hier auf Erden,
sollst nun ein Pony wieder werden.

Mrs Fontana ermahnte sie noch einmal eindringlich. „Bewahre Sternenschweifs Geheimnis gut!"

„Das werde ich", versprach Laura feierlich.

Dann sank Sternenschweif wieder auf seine Knie, und Laura stieg auf. Mit zwei großen Sprüngen galoppierte das Einhorn los und erhob sich in die Luft.

„Auf Wiedersehen, Mrs Fontana!", rief Laura zum Abschied und hielt sich mit beiden Händen an Sternenschweifs Mähne fest.

Mrs Fontana sah zu ihr hinauf. „Nutze den Zauberspruch sorgsam, Laura!", rief sie ihr nach. Mit diesen Worten verschwanden sie und Walter zwischen den dunklen Bäumen.

Sternenschweif und Laura flogen durch die Nacht. Laura war sich sicher, dass sie noch nie in ihrem Leben glücklicher gewesen war! Es gab so viel zu sehen. Sie flogen über Wälder und Flüsse, über Mrs Fontanas Buchhandlung und zu guter Letzt über die Berge, die hinter ihrem Haus aufragten.

Schließlich kamen sie wieder an der Koppel an. Als sie zur Landung ansetzten, fielen Laura plötzlich ihre Eltern ein.

„Hoffentlich hat daheim niemand etwas bemerkt."

„Keine Angst", beruhigte Sternenschweif sie. „So lange waren wir gar nicht fort."

„Oh, Sternenschweif!" Laura konnte immer noch nicht richtig glauben, was heute Nacht passiert war. „Das ist alles so aufregend!"

Sternenschweif nickte zustimmend. „Und das ist erst der Anfang. Wir werden noch viele aufregende Dinge miteinander erleben."

Er rieb seinen Kopf an ihrer Schulter. „Ich bin so glücklich, dass du meine Einhorn-Freundin bist."

Laura umarmte ihn ganz fest. „Und ich bin so glücklich, dass du mein Einhorn bist."

Nachdem sie abgestiegen war, nahm Laura das Stück Papier aus der Hosentasche, das Mrs Fontana ihr gegeben hatte. Langsam las sie den Zauberspruch darauf vor. Kaum hatte sie das letzte Wort gesprochen, flammte ein grellvioletter Blitz auf, und Laura musste die Augen schließen. Die Luft um sie herum wurde kälter.

Als sie die Augen vorsichtig wieder öffnete, stand Sternenschweif immer noch neben ihr. Aber nun war er kein Einhorn mehr, sondern wieder ein ganz normales kleines graues Pony.

Einen Moment lang befürchtete Laura, sie habe sich alles nur eingebildet. Aber dann sah sie auf das Blatt Papier in ihrer Hand. Nein, das alles war wirklich passiert.

Als Sternenschweif liebevoll an ihren Haaren schnupperte, hatte Laura auf einmal das Gefühl, dass Aufregung und Glück wie Brausepulver in ihrem Magen blubberten.

„Gute Nacht“, wisperte Laura und küsste Sternenschweif auf die Nase. Sie hob das Buch auf, das sie im Gras liegen gelassen hatte, und rannte ins Haus zurück.

Buddy freute sich so überschwänglich, sie zu sehen, dass er sie zur Begrüßung fast umgeworfen hätte.

Ihr Vater räumte gerade Geschirr in die Spülmaschine und ihre Mutter schenkte Max ein Glas Milch ein.

„Wie geht es Sternenschweif?“, erkundigte sie sich, als Laura in die Küche stürmte.

„Dem geht es gut. Ich ... ich denke, ich gehe jetzt nach oben in mein Zimmer und lese noch ein bisschen“, sagte Laura.

Sie lief die Treppe hinauf und setzte sich auf die kleine Bank vor ihrem Fenster. Sternenschweif graste auf der Koppel. Er schien Lauras Blick zu spüren. Unvermittelt hob er den Kopf und wieherte.

Ein glückliches Lächeln glitt über Lauras Gesicht.

Ihr neues Pony war tatsächlich ein Einhorn. Eine aufregende Zeit lag vor ihr!

Linda Chapman

Sternenschweif

Sprung in die Nacht

Kapitel 1

„Gleich ist es so weit, Sternenschweif", flüsterte Laura Foster dem grauen Pony zu, das neben ihr stand. Sie betrachtete die sternförmigen Blüten in ihrer Hand. Auf der Spitze jedes Blütenblatts leuchtete ein goldener Punkt. Ihr Pony stampfte mit den Vorderhufen auf und stupste seinen Kopf ungeduldig gegen Lauras Hand.

„Nur noch ein paar Minuten", beschwichtigte sie es und schaute nach oben. Die Sonne war fast untergegangen. Dies war der Augenblick, auf den sie den ganzen Tag sehnsüchtig gewartet hatte. Als die letzten Strahlen der Sonne hinter den Bergen verschwanden, erschien über ihnen am Himmel ein strahlend heller Stern.

Ein Schauder durchfuhr Laura. Jetzt war es so weit! Vorsichtig zerrieb sie die Blütenblätter zwischen ihren Fingern, dabei flüsterte sie die geheimen Worte des Zauberspruchs:

Silberstern, Silberstern,
hoch am Himmel, bist so fern.
Funkelst hell und voller Macht,
brichst den Bann noch heute Nacht.
Lass dies Pony grau und klein
endlich doch ein Einhorn sein.

Kaum hatte sie das letzte Wort gesprochen, erhellte ein grellvioletter Blitz den Himmel.

Das Gras, auf dem Sternenschweif eben noch gestanden hatte, war leer. Laura blickte auf. Ein schneeweißes Einhorn zog galoppierend seine Kreise durch die Lüfte.

„Sternenschweif!“, rief Laura strahlend vor Freude. Sternenschweif schlug vergnügt mit den Hinterbeinen aus, setzte zum Sturzflug an und landete neben Laura.

„Hallo, Laura." Sanft blies das Einhorn seinen Atem in ihr Gesicht. Seine Lippen bewegten sich nicht, dennoch konnte Laura jedes seiner Worte klar und deutlich verstehen. Sie erinnerte sich an das, was Sternenschweif ihr in der vergangenen Nacht erklärt hatte, in der sie ihn zum ersten Mal in ein Einhorn verwandelt hatte. Solange sie ihn berührte oder ein Haar aus seiner Mähne in den Händen hielt, konnte sie ihn sprechen hören.

Laura umarmte Sternenschweif ganz fest, dann schaute sie auf die Blütenblätter, die sie immer noch in der Hand hielt. „Ich habe sie ja dieses Mal gar nicht auf den Boden fallen lassen."

Sternenschweif schüttelte seine lange, silberne Mähne. „Das musst du nicht mehr. Die Blüten der Mondblume brauchst du nur, wenn der Zauberspruch zum ersten Mal aufgesagt wird. Jetzt musst du nicht einmal mehr auf den Silberstern warten. Von nun an reicht es, wenn du die magischen Worte sprichst. Und du kannst mich sprechen hören, auch ohne dass du mich berührst." Seine Hufe scharrten ungeduldig über das Gras. „Komm, Laura. Lass uns zusammen fliegen."

Das musste er nicht zweimal sagen. Blitzschnell kletterte Laura auf seinen Rücken.

Sternenschweif schwang sich in die Luft empor, und Laura lachte glücklich auf, als der Wind durch ihr Haar fuhr. Sie hielt sich an Sternenschweifs langer Mähne fest.

„Ich fliege schon besser als gestern“, stellte Sternenschweif zufrieden fest und galoppierte wunderbar ruhig durch die Luft.

„Absolut!“, erwiderte Laura begeistert.

In der vergangenen Nacht waren Sternenschweifs Flugkünste noch ziemlich unsicher, und Laura war sehr dankbar gewesen für die Zauberkraft des Einhorns, die sie vorm Runterfallen beschützt hatte! Heute blickte sie schon wesentlich entspannter auf die Felder und Wälder, die unter ihr vorbeizogen.

Sternenschweif hatte eine Idee. „Lass uns zum Wald fliegen und gemeinsam über die Wipfel der Bäume springen."

Laura war sofort Feuer und Flamme. „Aber es darf nicht zu lange dauern, sonst wundern Mum und Dad sich noch, wo ich bleibe."

Sternenschweif änderte seine Richtung und nahm Kurs auf den Wald, der die Berge hinter Lauras Zuhause bedeckte.

Die benachbarten Farmen breiteten sich unter ihnen aus. Eine von ihnen zog Lauras Blick ganz besonders an – ein weißes, schiefergedecktes Farmhaus mit rot gestrichenen Scheunen, das sich am Rand des Waldes an den Berg schmiegte. „Das ist die Gänsebachfarm. Dad hat heute den Besitzer kennengelernt. Er heißt Mr Miller. Seine Tochter Mel ist so alt wie ich, und sie hat auch ein Pony. Dad hat ausgemacht, dass ich die beiden morgen besuche, und du darfst auch mitkommen!"

„Klingt prima!", erwiderte Sternenschweif.

Plötzlich durchfuhr Laura ein Gedanke. „Was passiert, wenn Mels Pony merkt, dass du ein Einhorn bist?" Sie wusste, dass niemand Sternenschweifs Geheimnis entdecken durfte. Eine geheimnisvolle Buchhändlerin, Mrs Fontana, hatte ihr geholfen, den Zauberspruch zu finden, mit dem sich Sternenschweif in ein Einhorn verwandelte. Sie hatte ihr versprechen müssen, Sternenschweifs Geheimnis gut zu hüten. Sonst könnte er in große Gefahr geraten!

„Er wird mich als Einhorn erkennen. Aber das macht nichts", beruhigte Sternenschweif sie. „Pferde und Ponys wissen, dass das Geheimnis eines Einhorns nicht verraten werden darf."

„Wissen denn alle Tiere, dass es Einhörner gibt?“, fragte Laura.

Sternenschweif schüttelte den Kopf. „Nur Pferde und Ponys kennen das Geheimnis der Einhörner. Aber auch andere Tiere spüren manchmal, dass ich anders bin.“ Er flog tiefer, bis seine Hufe die Wipfel der Bäume streiften. „Wie sieht es aus? Bist du bereit für eine kleine Springrunde?“

„Darauf kannst du wetten!“, erwiderte Laura begeistert. „Los geht's!“

Übermütig galoppierte Sternenschweif durch die Luft und trug sie zum Wipfel einer hohen Tanne. Sie sprangen von Baum zu Baum, und Laura war fast schon schwindelig, so viel Spaß machte das. Am Ende des Waldes angekommen, stieg Sternenschweif höher und drehte einen wunderschönen Looping. Laura konnte nicht anders, ausgelassen stieß sie einen lauten Freudenschrei aus.

Doch leider schon viel zu schnell wurde es höchste Zeit, nach Hause zurückzukehren. „Wenn wir noch länger fortbleiben, werden Mum und Dad anfangen, sich Sorgen zu machen.“

Sternenschweif nickte zustimmend, und sie flogen zurück zur Farm.

Nachdem Sternenschweif auf seiner Koppel gelandet war, stieg Laura ab und sagte einen zweiten Zauberspruch auf. Wieder durchzuckte ein violetter Blitz die Luft. Aber dieses Mal hatte sich Sternenschweif von einem Einhorn in ein kleines graues Pony zurückverwandelt.

„Unsere Springrunde war toll. Vielen Dank und schlaf gut.“ Laura umarmte Sternenschweif noch rasch, bevor sie ins Haus zurückrannte.

Ihr Vater war in der Küche. Er schaute auf die Küchenuhr, als sie hereinkam. „Du warst aber ziemlich lange weg.“

„Ich konnte mich einfach nicht von Sternenschweif trennen." Lauras Herz schlug aufgeregt. Zu ihrer großen Erleichterung lächelte ihr Vater. „Es freut mich sehr, dass du mit deinem neuen Pony so glücklich bist. Findest du nicht auch, dass das Leben hier draußen viel besser ist als das Leben in der Stadt?" „Absolut!" Laura stimmte ihm von ganzem Herzen zu. Zwar war ihre Familie erst vor ein paar Tagen hierher aufs Land gezogen, damit ihr Vater seinen Traum wahr machen und Farmer werden konnte. Doch Laura fühlte sich schon ganz zu Hause.

Auf dem Weg nach oben hörte sie Gelächter aus dem Zimmer ihres Bruders. Neugierig stieß sie die Tür auf. Ihr kleiner Bruder Max lag schon im Bett. Buddy, der junge Berner Sennenhund, den sie erst vor einigen Wochen gekauft hatten, stand auf den Hinterbeinen und stützte sich mit seinen großen, weißen Vorderpfoten auf dem Bett ab. Seine rosa Zunge hing heraus, während er versuchte, jeden Zentimeter von Max' Gesicht abzulecken.

„Also wirklich, Max, ich glaube, er würde auch noch zu dir ins Bett klettern, wenn ich ihn nur ließe." Mrs Foster schubste den kleinen, braun-schwarzen Hund auf den Boden zurück. „Buddy, du bist wirklich unmöglich", schimpfte sie ihn, aber sie lächelte dabei.

Buddy sprang auf Laura zu. Wieder einmal schaffte er es nicht, rechtzeitig zu bremsen, und schlitterte mit vollem Schwung in sie hinein.

„Uff", rief Laura. „Du wiegst mindestens schon eine Tonne, Buddy!"

„Warte erst mal ab, bis er voll ausgewachsen ist." Mrs Foster lachte. „Jetzt solltest du aber auch ins Bett gehen, Laura. Dad und du werdet morgen früh um halb zehn bei den Millers erwartet. Das heißt, du musst früh aufstehen, wenn du Sternenschweif rechtzeitig gefüttert und geputzt haben willst." Laura nickte.

„Ich hoffe, dass du dich mit Mel Miller gut verstehen wirst. Es wäre schön, wenn du eine Freundin hättest, mit der du zusammen reiten könntest."

Da konnte Laura ihrer Mutter nur zustimmen! „Hoffentlich ist Mel nett."

Als sie in ihr Zimmer ging, dachte sie über den nächsten Tag nach. Ob Mel überhaupt ihre Freundin werden wollte? Und ob sie Mel mögen würde? Sie wünschte es sich jedenfalls.

Sie zog ihren Schlafanzug unter ihrem Kopfkissen hervor und ging zum Fenster. Sie konnte die Gipfel der Berge sehen, die hinter dem Haus aufragten. Und – das war das Beste – sie konnte Sternenschweifs Stall und die Koppel sehen.

„Gute Nacht, Sternenschweif", flüsterte sie, als ihr Blick auf die schattenhafte Gestalt des kleinen grauen Ponys fiel, das in der Nähe des Gatters graste.

„Ich bin sehr gespannt, was der morgige Tag uns bringen wird."

Sternenschweif schaute hoch und schnaubte. Bestimmt hatte er sie bemerkt. Sie warf ihm eine Kusshand zu und schloss lächelnd die Vorhänge.

Kapitel 2

„Buddy, komm sofort hierher!“ Während Laura am nächsten Morgen ihr Müsli aß, kroch Max unter dem Küchentisch herum und versuchte seinen Hund einzufangen.

Mr Foster stand an der Tür und unterhielt sich mit den beiden Farmarbeitern, die ihm bei der Versorgung der Milchkühe und der zehn Schweine halfen. „Ich möchte die Kälber heute Morgen auf die untere Weide bringen“, erklärte Mr Foster gerade.

Mrs Foster telefonierte. „Ja, wir leben uns so langsam ein“, sagte sie, eine Hand fest an das freie Ohr gepresst, um den Lärm in der Küche nicht zu hören.

Laura stand auf und stellte ihre leere Müslischüssel in die Spülmaschine. „Ich gehe jetzt und mache Sternenschweif fertig.“

Als sie vor die Tür trat, schien die Aprilsonne schon warm, und das erste frische Grün zeigte sich an den Bäumen.

Laura atmete die Frühlingsluft tief ein, dann rannte sie den Weg vom Haus zur Koppel hinunter. Sternenschweif wartete bereits am Gatter auf sie. Als er sie sah, wieherte er ihr zur Begrüßung entgegen.

„Guten Morgen, mein Kleiner." Laura kletterte über das Gatter. „Ich wette, du freust dich schon auf dein Frühstück."

Sternenschweif rieb seinen Kopf an ihrer Schulter. Laura ergriff sein Halfter, führte ihn zum Stall und füllte seinen Futtereimer.

Während Sternenschweif fraß, warf Laura einen Blick auf die Uhr. Viertel nach acht. Also hatte sie noch eine Stunde Zeit, um Sternenschweif zu putzen, bevor sie sich mit ihrem Vater auf den Weg zu den Millers machen musste.

Eine halbe Stunde später trat Laura zufrieden einen Schritt zurück, um ihre Arbeit zu bewundern. Sternenschweifs struppiges Fell sah viel sauberer aus, seine Hufe glänzten vom Huföl, und sein frisch gewaschener Schweif war schon fast getrocknet.

„Jetzt siehst du richtig prima aus." Sternenschweif wieherte zustimmend.

„Buddy, komm sofort zurück!", hörte sie plötzlich Max rufen.

Laura blickte sich um. Buddy raste den Weg hinunter auf sie zu, seine schwarzen Ohren hüpften auf und ab, seine riesigen weißen Pfoten flogen über das Gras. Max versuchte vergeblich, ihn einzuholen.

„Buddy, pass auf!" Laura hielt die Luft an, als der junge Hund direkt auf den Eimer mit dem Putzwasser für Sternenschweif zusteuerte. Buddy versuchte zu bremsen, aber dafür war es längst zu spät. Er schlitterte schnurstracks gegen den Eimer, aus dem ein Schwall schmutziges Wasser schoss.

Sternenschweif schnaubte erschrocken und sprang, so weit es ging, zurück. Umsonst – schmutziges Wasser traf sein sauber geputztes Fell.

„Buddy!", schrie Laura auf. Erbost drehte sie sich zu Max um. Der stand wie angewurzelt auf dem Weg, eine Hand vor dem Mund, die blauen Augen vor Schreck weit aufgerissen.

„Es tut mir leid, es tut mir schrecklich leid", stammelte Max und rang nach einer Erklärung. „Ich habe bloß kurz die Hintertür aufgemacht, und Buddy ist sofort rausgerannt. Ich konnte ihn einfach nicht aufhalten, Laura."

Laura seufzte ergeben. Es hatte keinen Zweck, auf Max sauer zu sein. Es war schließlich nicht seine Schuld, dass Buddy so ungeschickt war. „Ist schon gut. Ich werde Sternenschweif einfach noch einmal putzen müssen."

„Ich helfe dir dabei", sagte Max eifrig.

Laura nahm ein Handtuch aus ihrer Putzkiste und gab es ihrem Bruder. „Danke für deine Hilfe."

„Schau mal!" Max deutete auf seinen kleinen Hund. Der kroch bäuchlings auf Sternenschweif zu, seine Ohren waren gespitzt, und sein Schwanz wedelte wie verrückt. „Wuff!" Bellend machte er einen Satz rückwärts. „Wuff! Wuff!" Dann setzte er sich und legte den Kopf auf die Seite.

„Was hat er denn bloß?", fragte Max verwundert.

„Keine Ahnung!", erwiderte Laura. Sie versuchte den Hund wegzuziehen, aber Buddy ließ sich keinen Zentimeter bewegen. Wie festgewachsen starrte er Sternenschweif weiter an. Laura begann sich Sorgen zu machen. Ob Buddy irgendwie spüren konnte, dass Sternenschweif kein normales Pony war? Sie griff wieder nach dem Halsband. „Nimm du Buddy, Max. Du solltest ihn besser ins Haus zurückbringen. Sternenschweif könnte ihn aus Versehen treten, wenn er ihm zu nahe kommt."

„Aber ich wollte dir doch helfen", beschwerte sich Max.

„Danke, ich komme schon alleine klar." Max öffnete den Mund, um zu protestieren, aber Laura kam ihm zuvor. „Du willst doch wohl nicht, dass Buddy verletzt wird, oder?"

„Natürlich nicht." Max packte Buddys Halsband. Während ihr Bruder den Hund zurück ins Haus zerrte, kaute Laura nervös auf ihrer Lippe. Wenn Buddy sich so vor ihrer Mutter oder ihrem Vater verhielt, würden die beiden misstrauisch werden. Sie sah Sternenschweif an. Das Pony schaute Buddy hinterher, und Laura war sich sicher, dass er genauso besorgt war wie sie.

Um Viertel nach neun ritt Laura von der Farm. Ihr Vater ging neben Sternenschweif her. Die Gänsebachfarm war nicht weit entfernt, und bald befanden sie sich auf dem Zufahrtsweg, der zum Haus führte. Eine Tür öffnete sich, und ein großer schwarzhaariger Mann trat auf die Veranda. „Mike!" Er ging ein paar Schritte auf Mr Foster zu, um ihn zu begrüßen. „Hallo! Und du bist bestimmt Laura. Mel kann es kaum erwarten, dich kennenzulernen. Sie ist gerade bei Silver, ihrem Pony. Komm mit, ich bringe dich zur Koppel."

Laura folgte ihm mit Sternenschweif. Als sie hinter dem Haus ankamen, erblickte sie eine Koppel, auf der zwei Sprünge aufgebaut worden waren. Ein kleiner Apfelschimmel war am Zaun angebunden, ein Mädchen mit schwarz gelockten Haaren stand neben ihm und striegelte sein glänzendes Fell.

„Mel!", rief Mr Miller laut.

Das Mädchen drehte sich um. Als sie Laura erblickte, erschien ein breites Lächeln auf ihrem Gesicht. „Hallo!" Sie legte die Bürste beiseite und lief auf die beiden zu. „Ich bin Mel."

„Und ich heiße Laura", erwiderte Laura ein wenig befangen.

„Dein Pony sieht toll aus. Wie heißt es denn?", wollte Mel wissen.

„Sternenschweif", erwiderte Laura und stieg ab.

„Sternenschweif", wiederholte Mel nachdenklich und tätschelte seinen Hals. „Gehörte der nicht Jana Roberts?"

„Stimmt genau", antwortete Laura überrascht.

Mel nickte. „Ich dachte gleich, dass ich ihn kenne. Ich bin in demselben Ponyclub wie Jana." Sie lächelte Laura an. „Mein Pony heißt Silver. Möchtest du nicht mitkommen und ihn begrüßen?" Laura nickte eifrig.

„Dann lassen wir euch Mädchen jetzt allein mit euren Ponys", schlug Mr Miller vor. „Wir sind im Haus, wenn ihr uns braucht."

Laura und Mel nickten zustimmend. „Wie lange hast du Silver denn schon?", wollte Laura wissen, während sie mit Sternenschweif auf Silver zuging, um ihn zu begrüßen.

„Sechs Monate. Ich konnte es kaum glauben, als meine Eltern ihn für mich kauften. Ich wollte schon immer ein eigenes Pony – solange ich denken kann. Ich glaube, ich wurde mit dieser Ponybegeisterung geboren."

„Ich auch!" Laura grinste breit. Sie konnte Mel bestens verstehen.

Silver drehte seinen Kopf zu Sternenschweif und betrachtete ihn. Gespannt hielt Laura den Atem an. Was, wenn er sich genauso seltsam verhielt wie Buddy?

Einen Moment lang starrte das Pony Sternenschweif an, aber dann schnaubte es nur leise und streckte ihm seinen Kopf zur Begrüßung entgegen.

Sternenschweif erwiderte die Begrüßung.

„Sie mögen sich!" Mel strahlte. „Es ist so cool, dass wir Nachbarn sind. Da können wir in Zukunft öfters was zusammen machen."

Ein Glücksgefühl breitete sich in Laura aus. Es sah aus, als hätte sie eine neue Freundin.

„Ich sattle schnell Silver", schlug Mel vor. „Und dann spielen wir Fangen auf der Koppel."

Laura und Mel hatten viel Spaß bei ihrem Spiel. Silver war flink und wendig, aber Sternenschweif war auch ziemlich schnell. Sie jagten sich rund um die Koppel und versuchten sich gegenseitig abzuklop-

fen. Dann veranstalteten sie einen Eierritt, einen Trabwettbewerb und später ein Slalomrennen, bei dem sie um einige Stangen galoppieren mussten, die sie in den Boden gesteckt hatten. „Das macht viel mehr Spaß als allein zu reiten!“, erklärte Mel begeistert, als sie das Rennen mit einem Gleichstand beendet hatten. „Wollen wir als Nächstes springen?“, fragte Laura mit einem Blick auf die Hindernisse.

Das Strahlen wich schlagartig aus Mels Gesicht. „Das geht nicht“, entgegnete sie niedergeschlagen. „Silver springt nicht. Letzten Monat war ich mit ihm auf einem Turnier vom Ponyclub, aber er ging nicht mal in die Nähe eines Hindernisses. Schau nur mal.“

Sie galoppierte mit Silver auf einen der Sprünge zu. Doch anstatt das Tempo zu halten, fiel das Pony in Trab und dann in einen stockenden Schritt. Mel trieb ihn mit den Schenkeln an, aber das nützte auch nichts. Kurz vor dem Sprung blieb Silver einfach stehen.

„So macht er das jedes Mal“, sagte Mel, als sie zu Laura zurückritt. „Ich weiß einfach nicht, was ich machen soll. Am Samstag findet wieder ein Turnier statt, und Jana und ihre Freundin Monica waren schon letztes Mal so gemein zu uns, als Silver nicht springen wollte.“

Laura hatte eine Idee. „Vielleicht folgt er Sternenschweif über das Hindernis?“

Doch selbst als Sternenschweif vor ihm über ein Hindernis sprang, verweigerte Silver. Jedes Mal, wenn Mel mit ihm auf das Hindernis zuritt, wurde er langsamer und legte die Ohren zurück.

„Es hat keinen Zweck.“ Mel seufzte. „Er will einfach nicht springen.“ Sie tätschelte Silvers Hals. „Aber das macht nichts,

Silver. Ich habe dich trotzdem lieb, ob du nun springen kannst oder nicht."

Obwohl Mel sich zu einem Lächeln zwang, sah Laura genau, wie unglücklich ihre neue Freundin war. „Ich werde versuchen, euch zu helfen", versprach Laura. „Wir können es ja morgen nach der Schule vielleicht noch einmal versuchen."

„Das wäre toll." Mel sah nicht mehr ganz so traurig aus. „Gemeinsam müsste uns doch etwas einfallen."

Sie sattelten die Ponys ab und brachten sie zum Grasen wieder auf die Koppel. Danach führte Mel Laura auf der Farm herum. Am Ende des Weges, der zum Stall führte, ragte ein riesiger, rot gestrichener Heuschober auf. Dort hatte Mels Katze, Minny, vor drei Wochen zwei Junge zur Welt gebracht.

Mel führte sie zu ihrem Versteck, und Laura betrachtete entzückt die beiden winzigen, schwarzen Kätzchen, die sich eng an ihre Mutter schmiegten. Minny hatte es sich im Heu an der hinteren Wand des Schobers gemütlich gemacht. Die beiden Kätzchen schliefen tief und fest neben ihr.

„Wie heißen sie denn?", fragte Laura leise.

„Star und Blacky", flüsterte Mel zurück. „Meine Eltern haben gesagt, dass ich sie beide behalten darf."

Als sie den Weg zur Koppel und zum Haus zurückgingen, hatte Mel eine Idee.

„Weißt du was, du solltest auch in den Ponyclub eintreten. Wir veranstalten jeden Monat Spieletage und Turniere. Es finden auch andere Wettbewerbe statt, und im Sommer gibt es sogar ein Sommerlager."

Laura zögerte, weil sie an die beiden Mädchen dachte, die so gemein zu Mel gewesen waren.

Mel schien ihre Gedanken zu erraten. „Jana und Monica sind die Einzigen, die so sind. Die anderen in meiner Gruppe sind wirklich nett."

„Das klingt gut. Ich werde meine Eltern fragen."

„Ihr zwei seht aus, als hättet ihr jede Menge Spaß gehabt." Mr Foster schmunzelte, als Laura und Mel in die riesige Küche liefen. Mr Miller und er saßen am Tisch und tranken Kaffee.

„Das stimmt! Wir sind erst geritten, dann hat Mel mich herumgeführt, und gerade hat sie mich gefragt, ob ich nicht auch Mitglied im Ponyclub werden möchte." Gespannt blickte Laura zu Mel hinüber, die eifrig nickte.

„Wir könnten gemeinsam auf Turniere gehen. Das wäre so cool!", fügte Laura hinzu. „Sag ja, Dad, bitte."

Mr Foster lächelte. „Das klingt nach einer guten Idee."

„Irgendwo habe ich hier auch die Telefonnummer der zuständigen Dame." Mr Miller stand auf und wühlte in einem Stapel Papiere neben dem Telefon. „Ah, da ist sie ja." Er schrieb die Nummer auf einen Zettel und reichte ihn Mr Foster.

„Es ist ein guter Ponyclub. Die Kinder lernen dort eine ganze Menge. Am nächsten Wochenende findet wieder ein Turnier statt.

Ich kann Laura und Sternenschweif gerne in unserem Pferdetransporter mitnehmen, wenn Sie möchten."

„Vielen Dank." Mr Foster steckte den Zettel ein. „Ich werde dort anrufen, sobald wir wieder zu Hause sind."

Laura und Mel tauschten zufriedene Blicke aus.

„Ich bin so froh, dass du hierhergezogen bist", sagte Mel zum Abschied, als Laura wieder auf Sternenschweif saß, um nach Hause zu reiten.

„Ich finde es auch toll, dass ich so nah bei dir wohne", erwiderte Laura und schenkte ihr ein fröhliches Grinsen.

„Jetzt müssen wir aber wirklich los!" Mr Foster tätschelte Sternenschweifs Hals. „Auf geht's!"

Mel lief noch ein Stück neben ihnen her. „Wir sehen uns morgen in der Schule!", rief sie, als Laura vom Zufahrtsweg auf die Straße ritt.

„Dann magst du Mel also?", fragte ihr Vater auf dem Heimweg.

„Oh ja! Wir hatten so viel Spaß zusammen mit unseren Ponys." Laura streichelte Sternenschweifs Hals. Doch sie konnte nicht aufhören, an Silvers Problem zu denken. Sie würde ihm zu gerne helfen. Aber wie?

Kapitel 3

Nach dem Abendessen zog Laura ihre Sporthose an. Die Sonne war gerade erst untergegangen, und sie wollte so rasch wie möglich nach draußen.

„Ich schaue noch mal schnell nach Sternenschweif", sagte sie zu ihrer Mutter.

Ihre Mutter hatte nichts dagegen. „Aber bleib nicht zu lange draußen. Denk dran, dass du morgen wieder in die Schule gehen musst."

Buddy lief zur Tür und wartete dort mit schief gelegtem Kopf.

„Du kannst nicht mitkommen, Buddy", erklärte Laura ihm. Sie ging nach draußen, schloss sorgfältig die Tür hinter sich und lief eilig den Weg zur Koppel entlang. Sie musste unbedingt mit Sternenschweif sprechen. Vielleicht wusste er, wie sie Silver helfen konnten.

Sternenschweif wieherte, als er sie sah.

Laura begann die ersten Worte des Zauberspruchs zu flüstern:

Silberstern, Silberstern,
hoch am Himmel …

Doch plötzlich stieß Sternenschweif ein lautes Wiehern aus.

Sofort verstummte Laura. Das Pony schien auf etwas hinter ihr zu starren. Verunsichert drehte Laura sich um, um zu sehen, was dort war.

Hinter ihr auf dem Weg stand Buddy.

„Buddy! Geh sofort ins Haus zurück!" Laura war wütend. Der Hund war schon neugierig genug. Wenn er jetzt auch noch sah, wie Sternenschweif sich in ein Einhorn verwandelte, würde er ihn bestimmt gar nicht mehr in Ruhe lassen. Sie packte ihn am Halsband.

„Buddy!", hörte sie ihren Vater rufen.

„Er ist hier bei mir, Dad!"

Mr Foster kam den Weg hinunter. „Ich habe die Tür nur ganz kurz aufgemacht. Buddy hat sofort die Gelegenheit genutzt, um hinter dir herzulaufen. Nun komm schon", sagte er und fasste den Hund am Halsband. „Du gehst jetzt mit mir ins Haus zurück."

Vorsichtshalber wartete Laura, bis sie hörte, wie die Tür ins Schloss fiel. Erst dann wisperte sie den Zauberspruch.

Ein grellvioletter Blitz flammte auf und Sternenschweif war wieder ein schneeweißes Einhorn.

„Puh, das war ganz schön knapp!", sagte er.

„Ja, ich weiß." Laura machte sich ebenfalls Sorgen. „Ich muss einfach noch viel vorsichtiger sein. Buddy ist wirklich unglaublich an dir interessiert."

Sie erinnerte sich wieder, was sie Sternenschweif fragen wollte. „Weißt du, warum Silver nicht springen will? Mel ist darüber richtig traurig, und ich würde ihr so gerne helfen."

„Ich weiß es auch nicht." Sternenschweif scharrte nachdenklich mit dem Vorderhuf im Gras. „Wir könnten bei ihm vorbeifliegen und versuchen, es herauszufinden."

„Jetzt sofort?" Laura blickte skeptisch nach oben. Es war immer noch nicht richtig dunkel. „Stell dir vor, Mel oder ihre Eltern sehen uns."

„Wir könnten ja später aufbrechen."

Laura zögerte noch. „Ich weiß nicht, vielleicht könnte ich wieder kommen, wenn Mum und Dad denken, dass ich zu Bett gegangen bin. Mum sitzt dann vor dem Computer und schreibt an ihrem neuen Buch, und Dad sieht bestimmt fern. Aber lange kann ich nicht wegbleiben, das ist zu gefährlich."

„Wir beeilen uns", versprach Sternenschweif. „In Ordnung. Dann komme ich, sobald ich kann, wieder zurück." Schnell flüsterte sie den Zauberspruch, der Sternenschweif wieder in ein kleines graues Pony verwandelte, und lief ins Haus zurück.

Kaum hatte ihre Mutter ihr eine gute Nacht gewünscht und sich in ihr Arbeitszimmer zurückgezogen, zwängte Laura ihre Jeans über den Schlafanzug und schrieb eine Nachricht an ihre Eltern. Nur für den Fall, dass sie nach ihr sehen und sich sorgen würden, wo sie sei.

Ich bin bald wieder zurück. Ich wollte nur noch einmal nach Sternenschweif sehen.

Liebe Grüße,
Laura

Sie legte den Zettel auf ihr Kopfkissen, schlich leise die Treppe hinunter und schlüpfte unbemerkt aus dem Haus.

Keiner wird etwas merken, beruhigte sie sich selbst, während sie zur Koppel rannte. Es dauerte nur ein paar Sekunden, Sternenschweif wieder in ein Einhorn zu verwandeln. „Schnell!" Laura schwang sich auf seinen Rücken. „Lass uns losfliegen!"

Schon bald erreichten sie Silvers Koppel. „Da unten ist er." Laura hatte den dunklen Umriss von Mels Apfelschimmel ausgemacht.

Sternenschweif landete mit einem leisen Wiehern direkt hinter dem Pony. Aufgeregt prustend schwang Silver herum.

Sternenschweif schnaubte beruhigend, und Laura sah, wie Silver sich wieder entspannte. Er schnaubte ebenfalls, als würde er sich mit Sternenschweif unterhalten.

„Was sagt er denn?“, wollte Laura wissen.

„Er weiß, dass ich ein Einhorn bin“, erklärte ihr Sternenschweif. „Und er würde gerne wissen, weshalb wir hier sind.“

Laura wollte keine Zeit verlieren. „Frag ihn bitte, warum er jedes Hindernis verweigert.“

„Er kann dich verstehen, ohne dass ich übersetze“, erklärte ihr Sternenschweif, als Silver schon antwortete. Er lauschte dem Apfelschimmel für eine Weile, dann erklärte er. „Er hat Angst. Er sagt, dass er als Fohlen zusammen mit anderen aus seiner Herde über einen Baumstamm gesprungen ist. Dabei ist er sehr schmerzhaft mit den Beinen angeschlagen. Seitdem hat er Angst vorm Springen. Er findet es furchtbar, dass Mel seinetwegen so unglücklich ist, aber er bringt einfach nicht den nötigen Mut auf.“

„Hast du keine magischen Kräfte, die ihm helfen könnten, sich nicht mehr so sehr zu fürchten?“, fragte Laura Sternenschweif.

„Ich weiß es nicht. Ich weiß zwar, dass ich magische Kräfte habe, aber ich habe keine Ahnung, was für welche. Es wäre gut möglich, dass ich ihm helfen kann, doch ich weiß nicht, wie.“

Laura war enttäuscht. Sie hatte so sehr gehofft, dass Sternenschweif seinen Einhornzauber einsetzen und alles in Ordnung bringen würde.

Sie dachte angestrengt nach. Wenn sie Sternenschweifs Zauberkräfte nicht nutzen konnten, um Silver zu helfen, fiel ihr vielleicht eine praktische Lösung des Problems ein. „Angenommen, ich lege die Hindernisstangen auf den Boden, würdest du dich trauen, darüber zu gehen?“

Silver schnaubte, und Sternenschweif übersetzte. „Er sagt, er würde es zumindest versuchen.“

„Das wäre immerhin ein Anfang.“ Laura rutschte von Sternenschweifs Rücken, holte zwei Stangen und legte sie parallel zueinander ins Gras.

Was für ein Glück, dass man die Koppel vom Farmhaus aus nicht sehen kann, dachte sie dabei.

„Versuch darüber zu gehen. Das ist zumindest ein Schritt auf dem Weg zum Springen“, forderte sie Silver auf.

Das Pony sah schrecklich nervös aus.

„Das schaffst du bestimmt“, ermunterte Sternenschweif ihn. Zögernd ging Silver auf die erste Stange zu. Direkt davor blieb er stehen. Er schnaubte laut, als wolle er sich selbst Mut machen. Dann stieg er mit hoch angezogenen Hufen über die Stange.

„Gut gemacht!“, lobte ihn Laura. „Versuch es jetzt mal mit der zweiten Stange.“ Wieder ging Silver darüber. Diesmal schon etwas sicherer.

„Du hast es tatsächlich geschafft!“, rief Sternenschweif begeistert, als ein viel glücklicher aussehender Silver zu ihnen zurückkehrte.

„Ich werde jetzt ein ganz kleines Hindernis aufstellen“, sagte Laura. „Mal sehen, ob du das auch schaffst.“

Silver schreckte zurück. Er schnaubte abwehrend.

Sternenschweif seufzte. „Er möchte das nicht. Er hat einfach noch viel zu viel Angst davor, zu springen.“ Silver senkte beschämt seinen Kopf. „Aber wenn wir wiederkommen und ganz viel mit ihm üben, wird er vielleicht mutiger werden“, sagte er.

Damit musste Laura sich erst einmal zufriedengeben. „In Ordnung. Für den Anfang war das doch schon einmal toll. Wir kommen morgen wieder, Silver.“ Laura umarmte ihn zum Abschied, dann stieg sie wieder auf Sternenschweifs Rücken. „Wir werden dir helfen, Silver. Ganz egal, wie lange es dauert!“

Kapitel 4

„Beeil dich!“ Mrs Foster rief am nächsten Morgen ungeduldig nach Laura.

Laura begutachtete sich zum letzten Mal kritisch im Spiegel. Sie hatte ihre neuen Jeans und ein blaues T-Shirt an. Ihr frisch gewaschenes Haar hatte sie zu einem Zopf gebunden. Sie schluckte nervös einen dicken Kloß in ihrem Hals hinunter. Ihr erster Tag in der neuen Schule. Was er wohl bringen würde?

Entschlossen holte sie tief Luft und lief die Treppe hinunter. Ihre Mutter wartete mit Max schon an der Tür.

„Bist du sehr aufgeregt?“

„Ein bisschen schon“, gestand Laura, konnte sich ein Gähnen jedoch nicht verkneifen.

Ihre Mutter runzelte die Stirn. „Hast du letzte Nacht nicht gut geschlafen?“

„Mir geht's gut, Mum.“ Laura war froh, dass sie gestern bei ihrem Ausflug mit Sternenschweif von

niemandem gesehen worden war, und sie wollte keinesfalls, dass ihre Mutter jetzt misstrauisch wurde. Scheinbar völlig ruhig ergriff sie ihre Schultasche. „Komm, lass uns gehen."

Ihre neue Schule war nur zehn Minuten mit dem Auto von der Farm entfernt. Als Mrs Foster das Auto vor dem flachen Ziegelsteingebäude parkte, sah Laura Mel vor dem Eingang stehen. „Da ist Mel!"

Sie sprang aus dem Auto und lief zu ihrer Freundin hinüber. „Hallo!"

„Hallo! Ich dachte, ich warte hier auf dich."

Mrs Foster und Max gesellten sich zu ihnen. „Das ist meine Mutter, und das ist mein Bruder Max", stellte Laura die beiden vor.

„Ich freue mich, Sie kennenzulernen", grüßte Mel höflich. „Ich gehe in dieselbe Klasse wie Laura. Ich kann sie mitnehmen, wenn Sie damit einverstanden sind, Mrs Foster."

Mrs Foster warf ihrer Tochter einen fragenden Blick zu. Und die war sofort einverstanden. „Das ist doch eine gute Idee, Mum."

„Wenn das so ist, wäre das wirklich eine große Hilfe, Mel. Dann hätte ich mehr Zeit, um Max in seine Klasse zu bringen. Ich gehe im Sekretariat vorbei und sage dort Bescheid."

„Tschüss, Mum." Laura gab ihr einen flüchtigen Kuss. „Bis heute Nachmittag."

Mrs Foster nickte. „Ich hole dich hier am Eingang ab. Ich wünsche dir einen schönen Tag und einen guten Anfang, mein Schatz!"

„Den hat sie bestimmt", versicherte Mel ihr. „Komm mit, Laura. Ich werd dir alles zeigen."

Bis zur ersten Pause war Lauras Nervosität völlig verschwunden. Mr Noland, ihr neuer Lehrer, war streng, aber er verstand auch Spaß. Und was noch besser war, er erlaubte Mel und ihr, nebeneinander zu sitzen. Die anderen Schüler schienen alle nett zu sein – alle, bis auf Jana und ihre Freundin Monica.

Die beiden hatten noch kein einziges Wort zu Laura oder Mel gesagt, sondern nur albern gekichert, als Jana sich über Mels Tisch gebeugt und einen Blick auf das Pferd geworfen hatte, das Mel gerade malte.

„Das sieht ja mehr wie ein Schwein aus."

„Oder wie ein Maultier", hatte Monica gestichelt und dabei lässig ihre blonden Haare zurückgeworfen.

„Genau wie ihr dummes kleines Pony", setzte Jana noch eins drauf. Ihre grünen Augen hatten Mel dabei hämisch gemustert. „Stell dir vor, ein Pony, das nicht mal springt. Gibt es denn etwas Armseligeres?"

„Silver ist nicht dumm!", fauchte Laura das Mädchen wütend an.

Jana richtete ihre volle Aufmerksamkeit jetzt auf sie. „Was weißt du denn schon über Pferde?"

„Ich habe selbst eins."

„Wie heißt du noch einmal? Laura Foster?" Plötzlich dämmerte es Jana. „Du bist das Mädchen, dem Sternenschweif jetzt gehört, nicht wahr?" Als Laura nickte, lachte Jana laut auf. „Wie traurig. Ich habe meinen Vater davon überzeugt, ihn zu verkaufen, weil er mir nicht eine einzige Schleife eingebracht hat. Prinz, mein neues Pony, ist hundertmal besser."

Aus Lauras Augen schossen wütende Blitze. Aber bevor sie etwas erwidern konnte, griff Mr Noland ein und befahl Jana und Monica, still zu sein.

Am Ende der Stunde kochte Laura immer noch. „Lass es gut sein", sagte Mel, als die beiden Freundinnen nach draußen gingen. „Komm, wir setzen uns unter den Baum. Ich habe ein paar Fotos von Silver mitgebracht, die ich dir zeigen wollte."

„Stell dir vor, mir ist gestern Nacht eine tolle Idee gekommen." Laura bemühte sich, ihre Freundin aufzuheitern. „Ich glaube, dass Silver aus irgendeinem Grund Angst vorm Springen hat. Wir könnten versuchen, ihn über die Stangen gehen zu lassen. Und dann, wenn er nicht mehr so viel Angst hat, könnten wir ganz niedrige Hindernisse für ihn aufstellen."

Mel schaute skeptisch. „Meinst du wirklich, dass das klappt?"

„Ich bin ganz sicher. Was hältst du davon, wenn ich nach der Schule mit Sternenschweif zu euch rüberkomme und wir es ausprobieren?"

Ihre Zuversicht schien Mel anzustecken. „Einverstanden. Lass es uns wenigstens versuchen."

Kapitel 5

„Soll ich es jetzt probieren?", fragte Mel später am Nachmittag Laura. Sie saß auf Silver und betrachtete nervös die Stangen, die Laura und sie im Gras ausgelegt hatten.

„Ja, versuch es." Laura tätschelte Sternenschweifs Hals. „Bring ihn dazu, nicht wieder stehen zu bleiben."

Mel lenkte Silver zu den Stangen. Der kleine Apfelschimmel schaute fragend zu Sternenschweif, dann trabte er tapfer darüber.

„Er hat es tatsächlich gemacht!" Mel war ganz überrascht, doch Laura erwiderte: „Ich habe es dir doch gesagt. Versuch es gleich noch einmal."

Das tat Mel auch. Nachdem Silver erst im Trab und dann im Galopp zehn Mal über die Stangen gegangen war, strahlte Mel über das ganze Gesicht.

„Vielleicht bringe ich ihn am Ende doch noch dazu, zu

springen." Sie stieg ab und umarmte Silver zum Dank ganz fest. „Du bist so mutig! Ich bin stolz auf dich."

Silver schnaubte, und Laura fand, dass er sehr zufrieden aussah.

Nachdem sie beide Ponys abgesattelt und zum Grasen auf die Weide gebracht hatten, gingen Laura und Mel zum Heuschober, um nach Minny und ihren beiden Kätzchen zu sehen.

Star und Blacky waren wach. Sie spielten in ihrem Unterschlupf im Heu, ihre Köpfchen sahen fast zu groß für die flauschigen, schwarzen Körper aus.

„Wie kannst du sie bloß auseinanderhalten?" Für Laura sahen die beiden Kätzchen genau gleich aus.

„Star hat einen weißen Fleck auf ihrem Bauch." Mel hob das Kätzchen, das ihr am nächsten war, hoch. „Sieh her."

„Stimmt." Laura lachte, als sie die weißen Haare auf dem kleinen Bauch sah.

„Möchtest du sie mal halten?"

Laura nickte eifrig, und Mel reichte ihr Star. Die kleine Katze blickte

Laura gerade in die Augen. Dann miaute sie, mit so weit aufgerissenem Mäulchen, dass Laura ihre rosa Kehle sehen konnte.

„Na, du", murmelte sie. „Du bist wirklich niedlich." Star kuschelte sich in ihre Arme.

„Hat Silver das heute nicht gut gemacht?", fragte Mel Laura glücklich, als sie Blacky auf den Arm nahm.

„Oh ja. Er war wirklich prima. Ich bin sicher, dass er am Ende auch noch lernen wird zu springen."

„Das hoffe ich auch", erwiderte Mel. „Ich wünschte nur, er könnte es bis zum Turnier am Samstag lernen. Jana und Monica haben so gemeine Dinge über ihn gesagt. Das Einzige, was sie zum Schweigen bringen könnte, wäre, dass Silver lernt zu springen." Sie schaute Laura hoffnungsvoll an.

„Glaubst du, wir könnten das bis Samstag schaffen?"

„Ja, ich denke schon. Ich drücke jedenfalls ganz fest die Daumen. Mit ein bisschen Glück müssten wir das eigentlich hinkriegen."

Auf dem Heimweg dachte Laura unentwegt über Mels Worte nach. Silver könnte mit etwas Hilfe wahrscheinlich wirklich springen lernen, aber wer weiß, wie viel Zeit sie dafür brauchen würden? Es könnte ewig dauern, und so lange würden Jana und Monica Mel immer weiter ärgern.

„Wenn wir ihm doch nur ganz schnell beibringen könnten zu springen!", wünschte sie sich.

Laura erinnerte sich an das, was Sternenschweif über seine magischen Kräfte gesagt hatte – er besaß zwar einige, wusste aber nicht, welche. Vielleicht konnte er auf diese Weise Silver helfen. Doch wie sollten sie das herausfinden?

Mit einem Schlag wusste Laura die Antwort. Dass sie nicht eher daran gedacht hatte! Außer ihr kannte doch noch Mrs Fontana Sternenschweifs Geheimnis. Sie war es gewesen, die Laura erzählt hatte, dass Einhörner tatsächlich existierten, und die ihr das alte Buch mit dem Zauberspruch für die Verwandlung gegeben hatte. Wenn ihnen jemand helfen konnte, dann Mrs Fontana.

Kaum war Laura wieder auf der Farm und Sternenschweif auf der Koppel, suchte sie aufgeregt ihre Mutter, die gerade am Computer arbeitete.

„Könntest du mich bitte zu Mrs Fontanas Buchhandlung fahren, Mum?“

Mrs Foster runzelte verwundert ihre Stirn. „Warum, was willst du bei ihr?“ Laura wusste nicht, was sie antworten sollte. „Ich ... Ich wollte Mrs Fontana etwas fragen. Es ist für ein Projekt, an dem ich gerade arbeite. Ich dachte, dass Mrs Fontana mir dabei vielleicht helfen könnte.“

„Hm, ja. Ich wollte sowieso in die Stadt fahren, weil ich noch einen Film für den Fotoapparat kaufen muss. Max möchte für seinen Lehrer Aufnahmen von Buddy machen. Während ich den Film besorge, könntest du zu Mrs Fontana gehen.“

„Super!“, rief Laura begeistert.

„Ziehst du dich noch kurz um? Dann könnten wir eigentlich gleich losfahren.“

Noch bevor ihre Mutter richtig eingeparkt hatte, stürzte Laura beinahe schon aus dem Auto.

„Ich hole dich dann in der Buchhandlung ab“, konnte ihre Mutter gerade noch hinter ihr herrufen. „Bleibe bitte so lange dort, bis ich komme.“

„Mach dir keine Sorgen. Ich warte dort auf dich“, versprach Laura. Dann sauste sie zu der Buchhandlung mit dem braungoldenen Ladenschild. Ein Glöckchen ertönte, als sie die Tür öffnete. Der vertraute, mit Rosen gemusterte Teppich begrüßte sie, und ein leichter Duft nach schwarzen Johannisbeeren hing in der Luft. Auf jeder nur verfügbaren Fläche stapelten sich Bücher.

Walter, Mrs Fontanas Terrier, lief auf Laura zu, als sie in den Laden kam. Laura begrüßte ihn und beugte sich hinunter, um ihn zu streicheln. Als sie sich wieder aufrichtete, stand auf einmal Mrs Fontana wie durch Zauberhand vor ihr. Ihr Gesicht war von Falten durchzogen, aber ihre blauen Augen strahlten hell und freundlich. Ein senfgelber Schal lag lose über ihren Schultern, ihr langes graues Haar hatte sie zu einem Knoten aufgesteckt.

„Guten Tag, Laura! Was kann ich heute für dich tun?“

Laura zögerte. Es war gar nicht so einfach, mitten am helllichten Tag ein Gespräch über Einhörner anzufangen. „Nun ja, ... ähm ...“

Mrs Fontana blickte über ihre Schulter zu den Leuten, die in einem der Bücherregale stöberten. „Lass uns hinüber in die Kinderbuchecke gehen. Walter lässt es mich wissen, wenn ich hier vorne gebraucht werde.“

Der schwarz-weiß gefleckte Terrier sprang mit einem Satz auf die Theke und setzte sich mit gespitzten Ohren neben die Kasse. Er schien jedes Wort von Mrs Fontana verstanden zu haben.

Laura folgte ihr zu den Kinderbüchern auf der gegenüberliegenden Seite der Buchhandlung. Ein Sessel und Kissen auf dem Boden luden zum Schmökern ein. „Wie geht es Sternenschweif?“, fragte Mrs Fontana, als sie sich im Sessel niederließ.

„Dem geht's gut.“ Laura senkte verschwörerisch die Stimme. „Mrs Fontana, Sternenschweif und ich versuchen, meiner Freundin Mel und ihrem Pony zu helfen. Es hat so furchtbar Angst zu springen.“ Rasch erzählte sie, was sie von Silver wusste. „Er hat so große Angst, dass es ewig dauern kann, bis er richtig springt“, fuhr sie fort. „Wissen Sie nicht, ob Sternenschweif ihm mit seinen magischen Kräften helfen kann?“

Mrs Fontana lächelte. „Sternenschweif hat viele magische Kräfte, Laura. Aber mehr darf ich dir nicht verraten. Jedes Einhorn muss seine magischen Fähigkeiten selbst entdecken.“

Sie beugte sich vor und ergriff Lauras Hände. „Mach dir keine Sorgen, Laura. Sternenschweif kann dem Pony helfen. Aber er braucht dich, um herauszufinden, wie. Du bist die Freundin eines Einhorns, weil du ein gutes Herz hast und an die Kraft des Zaubers glaubst. Nutze deine Fähigkeiten, dann werdet ihr gemeinsam Sternenschweifs Fähigkeiten entdecken.“

Mit diesen Worten ließ sie Lauras Hände los und richtete sich auf. Der ernste Ausdruck verschwand aus ihrem Gesicht. „Wie sieht es aus", fragte sie mit einem verschmitzten Lächeln, „hat Buddy Sternenschweifs Geheimnis schon entdeckt?"

Laura starrte sie an. Woher wusste Mrs Fontana von Buddys seltsamem Verhalten und dass er dauernd zu Sternenschweif wollte?

Mrs Fontana schien ihre Verwunderung zu spüren. „Zu der Zeit, als ich mit einem Einhorn befreundet war, hatte ich auch einen Hund, der schrecklich neugierig war. Ein paarmal hätte er mein Geheimnis beinahe herausgefunden."

„Sie waren auch mit einem Einhorn befreundet?" Laura blieb vor Erstaunen fast die Luft weg. Sie wusste bereits, dass Mrs Fontana ein Einhorn gesehen hatte, aber sie hatte ihr nie erzählt, dass sie auch einmal eine Einhorn-Freundin gewesen war.

„Ja, auch ich hatte einmal ein Einhorn", erwiderte Mrs Fontana mit sanfter Stimme. „Doch das ist lange her."

Eine Frage nach der anderen schoss Laura durch den Kopf. Wie war Mrs Fontanas Einhorn wohl gewesen? Wie hatte es geheißen? Warum waren die beiden nicht mehr zusammen?

Doch bevor sie mit all diesen Fragen herausplatzen konnte, bellte Walter.

„Bitte entschuldige, ein Kunde braucht meine Hilfe." Mrs Fontana erhob sich.

Sie lächelte Laura zu. „Viel Glück mit Silver, Laura. Ich hoffe, du und Sternenschweif findet einen Weg, ihm zu helfen. Und pass auf Buddy auf. Versuche zu verhindern, dass er Sternenschweifs Geheimnis herausfindet."

Mit diesen Worten ging Mrs Fontana zur Kasse, an der ein Kunde schon wartete.

Die Ladentür öffnete sich, Mrs Foster kam herein und grüßte. Laura lief zu ihr hinüber. „Hallo, Mum!“

„Bist du so weit, mein Schatz?“

Laura nickte. Sie schaute zur Ladentheke hinüber, wo Mrs Fontana gerade dabei war, die Einkäufe des Kunden einzupacken. „Auf Wiedersehen, Mrs Fontana“, rief sie.

Die Ladenbesitzerin schaute hoch. „Auf Wiedersehen.“ Sie lächelte Laura zu. „Und viel Glück!“

Kapitel 6

In dieser Nacht schlich sich Laura wieder aus dem Haus.

„Fliegen wir zu Silver?“, war Sternenschweifs erste Frage, als sie ihn in ein Einhorn verwandelt hatte.

„Ja, ganz richtig. Aber wir haben nicht viel Zeit.“ Laura schwang sich auf Sternenschweifs Rücken.

Während sie zur Gänsebachfarm flogen, erzählte sie Sternenschweif alles, was Mrs Fontana gesagt hatte. „Deine Zauberkräfte könnten Silver tatsächlich helfen“, schloss Laura ihren Bericht.

„Aber wie kann ich meine Kräfte nutzen, wenn ich gar nicht weiß, welche ich überhaupt habe?“

„Das weiß ich auch nicht.“ Seit dem Besuch bei Mrs Fontana, hatte sie sich genau das Gleiche gefragt.

Silver wartete bereits auf sie. „Du warst heute wirklich großartig“, lobte Sternenschweif ihn, als er neben ihm auf der Koppel gelandet war.

Silver senkte den Kopf, anscheinend brachte das Lob ihn in Verlegenheit. Er schnaubte leise.

„Er möchte wissen, ob er noch einmal über die Stangen traben soll", übersetzte Sternenschweif für Laura.

„Wie wäre es, wenn wir es mit einem ganz kleinen Sprung probieren?" Laura versuchte, besonders zuversichtlich zu klingen, aber Silver sah auf einmal ziemlich bedrückt aus.

„Komm, versuch es doch wenigstens einmal", unterstützte Sternenschweif Lauras Vorschlag.

Silver zögerte einen Moment, dann senkte er langsam, als gebe er sich geschlagen, den Kopf.

Rasch, bevor das Pony seine Meinung wieder ändern konnte, stieg Laura ab und baute einen niedrigen Sprung auf. „Das schaffst du bestimmt, Silver!"

Silver nickte zaghaft, dann trabte er auf das Hindernis zu.

„Er traut sich tatsächlich", raunte Laura Sternenschweif zu.

Doch dann blieb Silver plötzlich stehen.

„Oje!" Laura seufzte enttäuscht.

Sie ging mit Sternenschweif zu Silver hinüber. Er hatte nur ein paar Meter vor dem Hindernis angehalten. „Was war los?", fragte Laura. „Warum bist du plötzlich stehen geblieben?"

Der kleine Apfelschimmel ließ beschämt seinen Kopf hängen und schnaubte traurig.

„Er hatte einfach zu viel Angst", sagte Sternenschweif zu Laura. Silver sah furchtbar niedergeschlagen aus. Wenn Ponys weinen

könnten, würde er das jetzt bestimmt tun, dachte Laura.

Sternenschweif trat auf ihn zu und berührte Silvers Hals mit seinem schimmernden Horn. „Das ist schon in Ordnung", versuchte er das Pony zu trösten. „Du hast dein Bestes gegeben. Sei nicht traurig."

Niedergeschlagen schwiegen die drei. Da sah Laura plötzlich, wie sich die Ohren des Apfelschimmels aufstellten. Er hob den Kopf und wieherte, als sei er selbst von etwas überrascht.

„Was sagt er?"

„Dass er sich aus irgendeinem Grund besser fühlt", beantwortete Sternenschweif Lauras Frage.

Silver wieherte erneut. „Viel besser", übersetzte Sternenschweif.

Laura folgte Silvers Blick. Er betrachtete das Hindernis, Zuversicht leuchtete aus seinen Augen. Er gab ein leises Schnauben von sich.

„Er fühlt sich sogar so gut, dass er einen Sprung über das Hindernis wagen will." Sternenschweif sah selbst ziemlich erstaunt aus.

Mutig zeigten Silvers Ohren nach vorne. Er trabte auf das Hindernis zu. Dann begann er zu galoppieren. Verwundert beobachteten Laura und Sternenschweif, wie er mit einem großen Satz über das Hindernis flog.

„Er ist wirklich gesprungen!", jubelte Laura glücklich. Sie konnte es nicht fassen.

Laut schnaubend galoppierte Silver zu ihnen zurück.

„Er sagt, dass er sich während unseres Gesprächs mit einem Mal richtig mutig gefühlt habe." Aufgeregt stampfte Sternenschweif mit seinen Vorderhufen auf. „Und er sagt, dass er sich noch nie so sicher gewesen sei, dass er es schaffen könnte."

Silver stupste Sternenschweif liebevoll mit der Nase an. Laura riss die Augen auf. Jetzt begriff sie alles. „Dein Horn!", erklärte sie Sternenschweif aufgeregt. „Du hast ihn mit deinem Horn berührt, und dann hat er sich plötzlich mutig gefühlt. Vielleicht ist das eine von deinen magischen Fähigkeiten? Vielleicht hast du ihm mit deinem Horn diesen Mut verliehen – den Mut eines Einhorns."

Silver warf seinen Kopf hoch und stieß den Atem laut durch seine Nüstern. „Er sagt, dass ihm das jetzt ganz egal sei, warum es geklappt hat. Er ist einfach nur glücklich, dass er gesprungen ist."

Silver nickte zustimmend, dann drehte er sich um und sprang noch einmal über das Hindernis.

Glücklich fiel Laura Sternenschweif um den Hals. „Das ist einfach toll! Mel wird sich so sehr darüber freuen." Ihr Herz machte vor lauter Begeisterung einen Sprung. Sie konnte es gar nicht erwarten, das Gesicht ihrer Freundin zu sehen, wenn Silver morgen mit ihr über das Hindernis flog.

Am nächsten Tag, als sich Jana in der Mittagspause wieder über Mel und Silver lustig machte, freute Laura sich noch mehr über das, was sie in der Nacht erreicht hatten.

„Denkst du etwa immer noch daran, nächsten Samstag zum Turnier zu gehen, Mel?“ Jana baute sich vor den beiden Freundinnen auf, die gerade ihre Tabletts mit dem schmutzigen Geschirr wegbringen wollten. „Ich weiß nicht, warum du überhaupt auch nur einen Gedanken daran verschwendest. Silver springt doch sowieso nicht. Deine Eltern können es sich wohl nicht leisten, dir ein besseres Pony zu kaufen?“

„Mel möchte aber gar kein anderes Pony“, mischte Laura sich ein. Keine Sekunde länger konnte sie sich dieses gemeine Gerede mehr anhören. „Silver ist ein gutes Pony.“

Jana lachte. „Ja, sicher.“ Mit einem höhnischen Grinsen ließ sie die beiden stehen.

Laura schaute Mel an. Wütend biss sich die Freundin auf ihre Unterlippe. „Ich hasse sie!“, brach es aus ihr heraus. „Ich werde meinem Vater sagen, dass ich nicht zu dem Turnier am Samstag gehen möchte.“

„Das kannst du nicht machen. Du musst daran teilnehmen, Mel. Wenn du nicht hingehst, werden Jana und Monica nächste Woche noch viel gemeinere Dinge zu dir sagen."

Jetzt sah Mel noch unglücklicher aus. „Mit Silver ist alles in Ordnung", fuhr Laura fort. „Ich bin ganz sicher, wenn du ihn heute Nachmittag reitest, wird er springen."

Mel schaute sie zweifelnd an. „Glaubst du das wirklich?"

„Ja, ich weiß es sogar."

Sobald Laura nach der Schule zu Hause angekommen war, striegelte sie Sternenschweif flüchtig, bevor sie mit ihm zu Mel ritt. „Ich kann es gar nicht erwarten, Mels Gesicht zu sehen, wenn Silver tatsächlich springt", sagte Laura zu Sternenschweif, während sie die Straße entlangtrabten.

Mel war gerade dabei, Silver zu satteln, als die beiden ankamen. Gemeinsam ritten sie auf die Koppel, und Laura stellte das Hindernis genauso auf, wie sie es in der vergangenen Nacht getan hatte. Anschließend stieg sie wieder auf Sternenschweif. „Versuch es jetzt!", rief sie Mel zu.

„Okay!" Mel ritt mit Silver auf den Sprung zu. Seine Ohren richteten sich auf, und das Pony wurde schneller.

„Er wird springen!", flüsterte Laura Sternenschweif voller Erwartung ins Ohr.

Silvers Hufe donnerten über das Gras, näher und näher trugen sie ihn auf das Hindernis zu.

Dann, nur einen Meter vor dem Sprung, blieb er schlagartig stehen.

Kapitel 7

Laura blieb vor Enttäuschung die Luft weg.

Nach der gestrigen Nacht hatte sie fest daran geglaubt, dass Silver über das Hindernis springen würde.

Sternenschweif schnaubte, und Laura wusste, dass er genauso überrascht war wie sie, dass Silver so abrupt stehen geblieben war.

Mel lenkte den kleinen Apfelschimmel vom Hindernis fort. „Ich versuche es gleich noch einmal. Ich hatte eigentlich das Gefühl, dass er springen würde.“ Aber als sie es erneut versuchte, ging Silver nicht einmal mehr in die Nähe des Sprungs.

Tiefe Enttäuschung stand Mel ins Gesicht geschrieben, als sie zu Laura zurückritt. „Ich hätte es besser wissen müssen und gar nicht erst hoffen dürfen, dass er springt.“ Traurig ließ Silver seinen Kopf noch tiefer hängen. Mel umarmte ihn tröstend. „Sei nicht traurig. Ich habe trotzdem kein anderes Pony lieber als dich.“

Ihre Worte konnten Silver nicht aufheitern. Kein einziges Mal stellte er an diesem Nachmittag seine Ohren auf. Nicht einmal dann, als sie Fangen spielten, und das war sonst eines seiner Lieblingsspiele.

„Ich glaube, ich bringe ihn besser rein“, beschloss Mel schließlich. „Heute scheint ihm einfach nichts mehr Spaß zu machen.“

Laura nickte. „Es tut mir so leid, Mel“, sagte sie, als sie abstiegen.

„Du kannst ja nichts dafür.“ Mel seufzte traurig.

Laura blieb nicht mehr lange. Sie spürte, dass Mel jetzt lieber allein sein wollte. Deshalb ritt sie kurze Zeit später mit Sternenschweif wieder nach Hause.

„Was ist bloß schiefgelaufen?“, fragte sie Sternenschweif unglücklich. „Warum ist Silver nicht gesprungen?“

Sternenschweif schüttelte den Kopf und schnaubte.

„Ich komme heute Nacht zu dir, Sternenschweif. Wir müssen herausfinden, was los war.“

Sie war gerade dabei, Sternenschweif gründlich zu striegeln, als Buddy den Weg entlang auf sie zulief. Schlitternd hielt er vor ihnen an und begann an Sternenschweifs Hufen zu schnüffeln.

„Lass uns in Ruhe, Buddy!“, befahl Laura unwirsch.

Buddy setzte sich hin, legte den Kopf auf die Seite und jaulte Sternenschweif an.

In diesem Moment tauchte Max auf. „Da bist du ja, Buddy“, rief er, als ihm der kleine Hund entgegenlief. Kaum hatte Buddy einmal über seine Hand geleckt, lief er zu Sternenschweif zurück und bellte.

Verwundert verzog Max sein Gesicht. „Warum benimmt sich Buddy eigentlich so komisch, wenn er bei Sternenschweif ist?"

„Keine Ahnung! Sieh mal, Max, ich bin gerade dabei, Sternenschweif zu putzen. Warum gehst du mit Buddy nicht ein bisschen spazieren?"

Max schien sie gar nicht zu hören. Ganz versunken betrachtete er Sternenschweif. Plötzlich riss er die Augen weit auf. „Vielleicht ist Sternenschweif ja ein Außerirdischer!", stieß er aufgeregt hervor.

„Ein Außerirdischer!“ Laura starrte ihn schockiert an.

„Genau. Vielleicht kommt Sternenschweif von einem anderen Planeten. Er hat eine andere Form angenommen, damit er uns ausspionieren kann, und Buddy weiß das.“

„Sei nicht albern, Max. Sternenschweif ist nur ein ganz normales Pony.“ Laura bemühte sich krampfhaft, so zu klingen, als hielte sie Max für total verrückt.

„Und warum benimmt sich Buddy dann so komisch, wenn er Sternenschweif sieht?“

„Weil ... weil er an Pferde eben nicht gewöhnt ist“, entgegnete Laura.

Max war jedoch nicht überzeugt. „Ich werde es Mum erzählen.“ Begeistert von seiner eigenen Idee drehte er sich um und rannte zum Haus zurück.

Sprachlos starrte Laura ihm nach. Natürlich würde ihre Mutter Max' verrückte Idee nicht ernst nehmen. Aber das Letzte, was sie gebrauchen konnte, war, dass Max überall herumerzählte, dass mit Sternenschweif etwas nicht stimmte.

„Jetzt siehst du, was du angerichtet hast“, sagte Laura vorwurfsvoll zu Buddy. Aber der schnüffelte völlig unbeeindruckt weiter an Sternenschweifs Hufen.

Kapitel 8

An diesem Abend war Laura mit dem Küchendienst an der Reihe. Als das Geschirr endlich aus der Spülmaschine und wieder in die Schränke geräumt war, zog sie ihre Stiefel an. „Ich gehe noch einmal zu Sternenschweif."

„In Ordnung." Suchend sah sich ihre Mutter um. „Hat einer von euch Max gesehen?"

Laura und ihr Vater schüttelten die Köpfe. Mrs Foster lächelte. „Vermutlich ist er oben in seinem Zimmer und zeichnet Außerirdische."

„Oder Sternenschweifs Raumschiff", sagte Mr Foster und lachte.

Erleichtert verschwand Laura durch die Hintertür. Wie gut, dass sich ihre Eltern über Max' Verdacht nur lustig machten.

„Hallo, mein Freund", rief Laura Sternenschweif zu, als er ihr von der Koppel entgegenwieherte. „Weißt du, warum Silver heute nicht gesprungen ist?" Kaum hatte sie Sternenschweif in ein

Einhorn verwandelt, stellte Laura die Frage, die ihr den ganzen Abend keine Ruhe gelassen hatte.

„Nein, ich habe auch keine Erklärung dafür." Sternenschweif klang genauso ratlos wie Laura.

„Dann fragen wir ihn am besten selbst", schlug Laura vor. „Irgendeinen Grund muss es schließlich geben."

Sternenschweif flog zu Silvers Weide. Der kleine Apfelschimmel verharrte regungslos bei ihrer Landung. Er sah immer noch sehr unglücklich aus.

„Armer Silver!" Laura stieg ab und lief zu ihm. „Was ist heute nur schiefgelaufen, Silver? Warum konntest du nicht springen?", fragte sie ihn.

Silver wieherte traurig. „Ich verstehe", sagte Sternenschweif. Er sah Laura an. „Armer Silver. Er sagt, dass er wirklich springen wollte, aber ohne die Berührung meines Horns hatte er einfach nicht genügend Mut."

Silvers Wiehern klang so traurig, dass Laura es kaum ertragen konnte. „Ich weiß nicht, was wir noch machen können. Sternenschweif kann sich unmöglich in ein Einhorn verwandeln, wenn andere dabei sind." Silver nickte.

In dieser Nacht versuchte er nicht wieder zu springen. Wozu sollte es auch gut sein? Sie wussten schließlich, dass er springen konnte, wenn Sternenschweif ihn mit seinem Horn berührte. Tagsüber, ohne Sternenschweifs Hilfe, war die Angst wieder da.

Laura stieß einen tiefen Seufzer aus, als sie auf Sternenschweif nach Hause flog. Sie wünschte sich von ganzem Herzen, dass sie irgendetwas tun könnten, um Silver zu helfen.

Am nächsten Morgen wirkte Mel in der Schule sehr bedrückt. „Ich habe beschlossen, dass ich nie wieder versuchen werde, mit Silver zu springen. Es geht ihm immer so schlecht, wenn er es wieder einmal nicht geschafft hat. Ich lasse mich lieber ärgern, als dass er meinetwegen unglücklich ist."

„Und was ist mit dem Turnier am Samstag?", fragte Laura.

„Ich muss eben sagen, dass ich nicht mit ihm springen möchte." Mel warf einen wütenden Blick zu Jana und Monica hinüber. „Und ich werde die Gemeinheiten ertragen müssen, die den beiden dazu einfallen."

Tröstend nahm Laura ihre Freundin in den Arm.

„Beachte sie einfach gar nicht."

„Leichter gesagt als getan." Mel stieß einen Seufzer aus. Sie zwang ein Lächeln auf ihr Gesicht. „Kommst du trotzdem heute Nachmittag mit Sternenschweif zu uns herüber? Wir könnten ausreiten."

Laura nickte. „Aber klar."

Als Laura nachmittags auf der Gänsebachfarm ankam, waren Mel und Silver schon startklar.

„Wir sollten besser sofort losreiten. Meine Mutter meint, dass bald ein Sturm aufkommt."

Laura warf einen Blick in den verhangenen Himmel. Tatsächlich schien ein Gewitter in der Luft zu liegen.

Sie schlugen den Weg zum Wald ein. Mr Miller reparierte einen Zaun in der Nähe des Heuschobers. „Reitet lieber nicht zu weit weg."

„Wir bleiben in der Nähe", versprach Mel. „Komm, Laura. Lass uns losreiten."

Die Mädchen ließen ihre Ponys antraben.

„Ich kenne im Wald einen richtig guten Weg mit einem langen sandigen Abschnitt. Da können wir super galoppieren", schlug Mel vor.

„Sehr gut. Das wird Spaß machen." Laura fasste Sternenschweifs Zügel kürzer. Er spielte nervös mit den Ohren. „Vorwärts, mein Freund", spornte Laura ihn an.

Kurze Zeit später erreichten sie den Wald. Über ihnen bildeten die Wipfel der hohen Bäume ein grünes Dach. Laura lächelte in sich hinein. Was Mel wohl sagen würde, wenn sie wüsste, dass Sternenschweif mit ihr über diese Baumkronen gesprungen war?

„Hier fängt die Galoppstrecke an", verkündete Mel wenig später. „Bist du bereit?" Laura nickte.

Mel beugte sich vor und überließ Silver die Zügel. Der Apfelschimmel fiel in einen schnellen Galopp. Sternenschweif zögerte einen Augenblick, und erst als Laura ihn mit den Schenkeln stärker antrieb, folgte er Silver.

Der Wind pfiff Laura ins Gesicht. Sternenschweifs Hufe donnerten über den sandigen Weg, und ein Strahlen überzog Lauras Gesicht. Das hier war genauso gut wie Fliegen!

Nach einer Weile verengte sich der Weg, und die Mädchen ließen die Ponys erst in den Trab und dann in einen gemütlichen Schritt fallen. Beide Ponys waren nach dem Galopp außer Puste. Sie hatten sich eine Ruhepause redlich verdient.

Plötzlich hörten sie ein dumpfes, grollendes Geräusch. Die Blätter der Bäume links und rechts des Weges schienen zu erzittern.

„Es donnert!" Erschrocken schaute Mel ihre Freundin an. „Wir sollten besser umkehren."

Während sie den Weg zurücktrabten, hörten sie, wie der Regen auf das grüne Dach über ihnen zu prasseln begann.

Mel gab Laura ein Zeichen, und sie begannen zu galoppieren. Laura machte sich Sorgen. Ihre Eltern hatten sie oft genug davor gewarnt, sich bei einem Gewitter im Freien aufzuhalten.

Als sie den Waldrand erreichten, zügelte Laura Sternenschweifs

Tempo. Ein mächtiger Blitz durchzuckte den bedrohlich dunkler gewordenen Himmel.

„Vielleicht sollten wir hier abwarten, bis das Gewitter vorüber ist", schlug Mel stotternd vor. Sie sah verängstigt aus.

„Nein. Auf keinen Fall. Es ist viel zu gefährlich unter den Bäumen. Ein Blitz könnte in einen von ihnen einschlagen und dabei auch uns treffen." Laura betrachtete den Pfad, der zur Farm führte. „Wenn wir galoppieren, sind wir ganz schnell bei dir daheim", sagte sie mit einem sehnsüchtigen Blick auf die Lichter, die einladend hinter den Fenstern des Hauses leuchteten. „Los geht's!"

Sie beugte sich vor, und Sternenschweif schoss zwischen den Bäumen auf den Weg zu.

„Vorwärts, Sternenschweif!" Laura hing über seinem Hals wie ein Jockey. Seine Hufe donnerten über den Weg, am Heuschober vorbei und auf die Scheune mit Silvers Box zu.

Plötzlich entdeckte Laura Mels Vater am Stalleingang. Kurz davor kam Sternenschweif zum Stehen. Silver stoppte unmittelbar hinter ihm.

„Schnell!", übertönte Mr Millers Stimme das Wüten des Sturms. „Kommt in die Scheune, bevor der Regen noch heftiger wird!"

Laura und Mel sprangen ab und führten ihre Ponys rasch in die Scheune.

„Ich habe noch nie einen Sturm gesehen, der sich so schnell zusammengebraut hat", sagte Mr Miller.

Es donnerte direkt über ihnen, während gleichzeitig ein greller, weißer Blitz den Himmel erleuchtete. Ein lauter Knall in der Nähe ließ sie zusammenzucken.

Mr Miller lief zum Eingang und schaute hinaus. „Der Blitz ist in den Baum neben dem Heuschober eingeschlagen“, rief er den Mädchen aufgeregt zu. „Er steht in Flammen! Ich muss sofort die Feuerwehr alarmieren. Ihr bleibt hier, während ich zum Haus laufe. Ich will auf keinen Fall, dass ihr nach draußen geht.“

„Aber was ist mit dem Feuer?“, schrie Mel.

„Keine Angst! Es kann nicht auf die Scheune übergreifen. Sie ist weit genug entfernt. Ich bin, so schnell ich kann, wieder bei euch.“ Bei diesen Worten zog Mr Miller den Kopf ein und stürzte hinaus in den Sturm.

Laura führte Sternenschweif zum Eingang und blickte zum Heuschober. Die hohe Eiche, die direkt daneben stand, brannte lichterloh.

Mel stellte sich neben sie. „Wenn der Baum umfällt, wird der ganze Schober in Flammen aufgehen! Dad sollte sich besser ...“ Mel stockte, ihre Augen weiteten sich in fassungslosem Entsetzen. „Minny!“, schrie sie bestürzt. „Laura! Minny und ihre Kätzchen sind dort drin!“

Kapitel 9

Mel stellte ihren Fuß in den Steigbügel und schwang sich auf Silvers Rücken

„Was hast du vor?“, fragte Laura sie entgeistert.

„Ich muss Minny retten.“ Mel presste ihre Absätze in Silvers Seiten und galoppierte hinaus in das Unwetter.

„Komm zurück! Das ist viel zu gefährlich!“, schrie Laura ihr hinterher. Aber es war zu spät. Mel raste in wildem Galopp auf den Heuschober zu.

Laura zögerte keine Sekunde. Sie schwang sich auch in den Sattel und galoppierte hinter ihrer Freundin her. „Mel! Bleib stehen!“, schrie sie. Sie fand die Vorstellung unerträglich, dass Minny und ihre Jungen im Heuschober in der Falle saßen. Aber sie wusste auch, dass Mels Leben in Gefahr war, wenn sie den Schober betrat. Er konnte jeden Moment Feuer fangen.

Die Angst um das Leben der Katzen ließ Mel die Stimme ihrer Freundin überhören. Sie trieb Silver an dem brennenden Baum vorbei und auf das Tor des Schobers zu. In einem Satz war sie abgesprungen und hatte es aufgerissen.

Minny raste ihr entgegen. Eines der Kätzchen trug sie im Maul. Laura erkannte den weißen Fleck auf dem Bauch. Es war Star! Aber was war mit Blacky? Er musste noch im Schober sein.

Mit großem Entsetzen sah Laura, wie Mel Silvers Zügel in die Hand nahm und in den Heuschober stürzte.

Sternenschweif wieherte warnend. Ein lautes Knarren ließ Laura erstarren. Als sie nach oben schaute, sah sie einen großen, hell lodernden Ast, der jeden Moment zu brechen drohte.

„Mel!", schrie Laura in höchster Verzweiflung, so laut sie konnte. „Mach, dass du da rauskommst!"

Mel erschien im Eingang, Blacky fest an sich gepresst.

„Schnell!", drängte Laura mit einem Blick auf den Baum.

Aber es war zu spät. Bevor Mel den Schober verlassen konnte, ertönte ein furchtbares Krachen, und der brennende Ast stürzte vor dem Tor auf den Boden.

Mel schrie erschrocken auf. Trotz der Hitze des Feuers gefror Laura das Blut in den Adern. Der brennende Ast versperrte Mel den Weg nach draußen!

Laura konnte durch den zunehmenden Rauch gerade noch das Entsetzen in Mels Augen erkennen. Es gab nur eine Möglichkeit für sie, der Gefahr zu entrinnen.

„Du musst auf Silver steigen und mit ihm über den Ast springen, Mel! Es ist deine einzige Chance!“, rief sie der Freundin zu.

„Er wird nicht springen!“, schrie Mel verzweifelt zurück.

„Du musst es trotzdem versuchen!“

Blacky fest an sich gepresst, kletterte Mel auf Silvers Rücken.

Verzweifelt sah Laura sich um. Aber sie konnte weder Mr Miller noch die Feuerwehr entdecken. Sie waren auf sich allein gestellt.

„Silver, bitte!", beschwor sie das Pony, als Mel auf den Ast zutrabte. „Du musst darüber springen! Du darfst Mel jetzt nicht im Stich lassen! Tu es für sie!"

Über den Lärm des Feuers hinweg hörte sie Silvers ängstliches Wiehern. „Bitte spring, Silver", flehte Laura inständig. „Sternenschweifs magische Kräfte können dir jetzt nicht helfen, aber du kannst es trotzdem. Bitte, Silver, oh bitte, spring!"

Angst erfüllte sie, als Silver immer noch zögerte. Jetzt würde er sich wohl erst recht nicht trauen zu springen.

„Melanie!" Der bestürzte Aufschrei von Mr Miller ließ Laura herumfahren. Mels Vater rannte den Hügel hinauf auf sie zu. Blankes Entsetzen stand in seinem Gesicht.

Für einen Augenblick stieg Hoffnung in Laura auf, doch schnell gab sie sie wieder auf. Mr Miller würde niemals alleine den schweren Ast bewegen können. Es gab für Mel nur einen einzigen Ausweg – Silver musste springen!

Sternenschweif schien zu dem gleichen Schluss gekommen zu sein. Er warf seinen Kopf zurück und wieherte Silver beschwörend zu. Als er das tat, zuckte ein Blitz über den Himmel, der Sternenschweifs graues Fell in ein strahlendes, weißes Licht hüllte.

Laura sah, wie urplötzlich ein neuer, mutiger Ausdruck in Silvers Augen stand. Wie Sternenschweif warf er seinen Kopf zurück, und dann galoppierte er los. Mel klammerte sich mit ihrer freien Hand an seiner Mähne fest. Seine Sprünge wurden länger. Seine Ohren stellten sich nach vorn, und im nächsten Augenblick flog er mit einem großen Satz über den brennenden Ast hinweg.

Mel drückte Blacky wie betäubt an sich. Erstaunen, Erleichterung und Freude wechselten sich in ihrem Gesicht ab, als sie auf Laura und Sternenschweif zugaloppierten.

„Er hat es getan!", rief sie. Sie rutschte aus dem Sattel, als Silver zum Stehen gekommen war. „Er ist gesprungen, Laura! Er ist tatsächlich gesprungen!"

„Er war großartig!", versicherte Laura überglücklich, und Sternenschweif wieherte zustimmend.

In diesem Moment erreichte sie Mr Miller. „Mel! Um Himmels willen!" Vor Aufregung konnte er kaum atmen. „Ich dachte schon, du würdest dort nicht mehr herauskommen! Was hattest du bloß im Heuschober zu suchen?"

„Ich musste doch Blacky retten", stammelte Mel.

„Aber ich habe dir doch gesagt, du sollst in der Scheune bleiben!" Mr Miller nahm seine Tochter ganz fest in die Arme und gab ihr einen Kuss auf die Stirn. „Ich bin so froh, dass dir nichts passiert ist."

„Da kannst du dich ganz allein bei Silver bedanken." Froh löste sich Mel von ihrem Vater und umarmte den kleinen Apfelschimmel. „War er nicht großartig, Dad?"

Mr Miller lächelte Silver an. „Er ist der Beste!"

Silver schnaubte stolz, seine dunklen Augen strahlten vor Freude.

Als die Feuerwehr eintraf und begann, das Feuer zu löschen, half Mr Miller den Mädchen bei der Zubereitung einer Futtermischung aus warmer Kleie, Möhren und Melasse für Silver und Sternenschweif.

Nachdem sie die beiden Ponys trocken gerieben und in zwei Boxen untergebracht hatten, gingen Laura und Mel ins Haus.

„Ich bin so müde, dass ich mich kaum noch auf den Beinen halten kann“, klagte Mel, als sie und Laura ihre Stiefel an der Hintertür auszogen.

„Geht mir genauso“, pflichtete ihr Laura bei.

Mrs Miller wartete schon auf sie. Sie war bestürzt, dass Mel ein solch großes Risiko eingegangen war, um die Kätzchen zu retten. Gleichzeitig war sie jedoch so froh, dass die Mädchen in Sicherheit waren, dass sie ihnen zwei große, dampfende Becher mit heißer Schokolade eingoss.

Als Laura durch die offen stehende Küchentür sah, wie sich die Feuerwehrmänner bei Mr Miller verabschiedeten, seufzte sie erleichtert auf. Zum Glück hatten die Flammen nicht auf den Heuschober übergegriffen und Mr Millers Heu verschont.

Letztendlich, dachte Laura, war alles gut ausgegangen. Sie, Mel und die beiden Ponys waren in Sicherheit. Blacky, das kleine Kätzchen, war wieder mit Minny vereint, und Mel hatte der kleinen Familie eine neue Unterkunft in der Box neben Silver zurechtgemacht.

Laura schauderte bei dem Gedanken, dass alles auch ganz anders hätte ausgehen können. Wenn Silver nicht so tapfer gewesen wäre ... Sie mochte gar nicht daran denken, was dann hätte passieren können. Sie erinnerte sich, wie er kurz vor dem brennenden Ast gezögert hatte. Woher hatte er auf einmal den Mut gehabt zu springen?

Mr Miller brachte Laura und Sternenschweif schließlich mit dem Pferdetransporter nach Hause. Er erzählte ihren Eltern von dem Feuer. Auch sie waren froh, dass alles gut ausgegangen war.

In der Nacht, als alle schliefen, verwandelte Laura Sternenschweif wieder in ein Einhorn. Sie fragte ihn, ob er wisse, warum Silver schließlich den Sprung gewagt hatte.

„Das kann ich dir auch nicht sagen. Sollen wir ihn besuchen, um es herauszufinden?"

Laura stimmte sofort zu, kletterte auf seinen Rücken, und mit einem kräftigen Stoß seiner Hinterbeine erhob sich Sternenschweif in den nächtlichen Himmel.

Silver war für die Nacht wieder auf die Koppel gebracht worden. Sie fanden ihn grasend im unteren Teil der mondbeschienenen Weide. Laura sprang von Sternenschweifs Rücken und lief zu ihm hinüber. „Du warst heute wirklich großartig, Silver", sagte Laura, nachdem er sie mit einem leisen Schnauben begrüßt hatte. „Ehrlich gesagt, ich hätte nicht gedacht, dass du springen würdest, aber du warst so mutig. Wieso konntest du auf einmal deine Angst überwinden?"

Silver antwortete mit einem leisen Wiehern.

„Er sagt, ich hätte im Licht des Blitzes wie ein Einhorn ausgesehen", übersetzte Sternenschweif für Laura. „Er erkannte, dass er, wenn er Mel retten wollte, genauso mutig sein musste wie in jener Nacht, als ich ihn mit meinem Horn berührte – so mutig wie ein Einhorn."

Laura nickte, sie erinnerte sich an den Ausdruck in Silvers Augen, als der Blitz Sternenschweifs Fell erstrahlen ließ. Jetzt ergab alles einen Sinn. Sie sah den kleinen Apfelschimmel an. „Du warst wirklich toll, Silver! Und das Beste daran ist, dass dir die Sprünge im Ponyclub im Vergleich zu dem riesigen Ast winzig erscheinen werden. Die wirst du alle mühelos meistern."

Silvers Schnauben klang nicht so, als würde er das glauben. Sternenschweif übersetzte wieder. „Er sagt, dass er nur über den Ast springen konnte, weil er keine andere Wahl hatte."

Laura runzelte die Stirn. „Aber Sternenschweif war kein Einhorn, als du über den Ast gesprungen bist, Silver. Du bist gesprungen, weil du in Wahrheit mutig bist."

Sternenschweif schnaubte zustimmend.

Silver starrte Laura an, als hätte sie etwas absolut Unglaubliches gesagt.

„Du hast Mels Leben gerettet, Silver", fuhr Laura fort. „Wenn du das konntest, kannst du alles andere auch tun."

Ein neuer, zuversichtlicher Ausdruck ließ Silvers Augen leuchten.

Laura kletterte wieder auf Sternenschweifs Rücken. „Wir müssen jetzt wieder zurück. Gute Nacht, Silver."

Silver schnaubte stolz und schüttelte seine Mähne, als Laura und Sternenschweif in die Nacht emporflogen.

Am Samstagnachmittag beobachtete Laura gemeinsam mit Sternenschweif, wie Mel mit Silver in den Parcours ritt, den Kathy, ihre Trainerin im Ponyclub, aufgebaut hatte.

Es war für Laura nicht leicht gewesen, Mel zur Teilnahme an dem Springturnier zu überreden. Die Erinnerung an Silvers großartigen Sprung über den brennenden Ast hatte schließlich den Ausschlag gegeben.

„Ich verstehe nicht, warum Mel überhaupt hier ist." Janas abfällige Bemerkung drang schneidend an ihr Ohr. Gemeinsam mit Monica beobachtete Jana die beiden. „Silver wird nie im Leben einen ganzen Parcours springen. Letzten Monat hat er nicht einmal einen einzigen Sprung geschafft."

Laura schluckte eine Erwiderung herunter. Stattdessen drückte sie ganz fest beide Daumen. Der Parcours war nicht lang, aber kurvenreich, und bis jetzt war keinem aus der Gruppe ein fehlerfreier Durchgang gelungen.

Janas Pony Prinz hatte drei Stangen abgeworfen, und Scout, Monicas Pony, hatte dreimal verweigert. Sternenschweif hatte nur eine Stange abgeworfen. Das machte Laura nichts aus. Sie wusste, dass er sein Bestes gegeben hatte. Als Mel mit Silver auf das erste Hindernis zugaloppierte, drückte sie ihre Daumen noch fester und hielt den Atem an. Würde Silver stehen bleiben oder springen?

Nein! Zu ihrer Freude sah sie, wie sich die Ohren des Ponys aufmerksam nach vorn richteten, seine Galoppsprünge länger wurden und es fehlerfrei über das erste Hindernis setzte. Silver nahm einen Sprung nach dem anderen. Als er über die letzte Stange flog, beklatschten die Zuschauer begeistert seine perfekt gesprungene, fehlerfreie Runde.

Mel tätschelte Silvers Hals, als wollte sie nie wieder damit aufhören.

Beim Anblick der glücklichen Gesichter von Mel und Silver fiel Laura Sternenschweif überglücklich um den Hals. „Ist das nicht herrlich, Sternenschweif?“, flüsterte sie. „Ich bin so froh, dass du den beiden helfen konntest.“

Sternenschweif schüttelte seinen Kopf und stupste sie mit seiner Nase an. Laura verstand sofort, was er ihr sagen wollte. „Okay, du hast ja recht.“ Liebevoll legte sie den Arm um ihn. „Sagen wir es besser so: Ich bin so froh, dass wir gemeinsam den beiden helfen konnten!“

Linda Chapman

Sternenschweif

Der steinerne Spiegel

Kapitel 1

Laura Foster saß an ihrem Schreibtisch und seufzte. Die Sonne ging gerade hinter den Bergen unter, und der Himmel schien wie in Rosa und Gold getaucht. Auf der Koppel hinter dem Haus hob Sternenschweif, ihr Pony, seinen Kopf und schaute zu ihr hinauf. Wie gern wäre sie jetzt zu ihm gegangen, aber sie musste noch ihre Hausaufgaben machen. Als ihr Lehrer, Mr Noland, der Klasse das neue Gemeinschaftsprojekt beschrieben hatte, war sie Feuer und Flamme gewesen. Aber als sie jetzt am Tisch saß und eine Karte aller Berge, Flüsse und Täler zeichnen sollte, hatte sie überhaupt keine Lust mehr dazu. Sie wusste einfach nicht, wie sie anfangen sollte.

Sie überlegte, wie ihre beiden Freundinnen Mel und Jessica wohl mit ihrem Teil der Hausaufgabe vorankamen. Jessica sollte die Tiere zeichnen, die in den Bergen lebten. Mel musste die Bäume und Blumen, die dort wuchsen, beschreiben. Lustlos kaute sie an ihrem Bleistift, während sie auf das weiße Blatt Papier starrte, das vor ihr lag. Sie hatte bestimmt die schwierigste Aufgabe erwischt!

Die würde sie heute sowieso nicht mehr schaffen. Und der Abend war auch viel zu schön, um ihn im Haus zu verbringen. Sie würde die Karte eben später zeichnen. Kurz entschlossen sprang Laura auf, packte ihre Jacke und lief auf den Gang hinaus.

Als sie an der Tür zum Zimmer ihres jüngeren Bruders Max vorbeikam, hörte sie seinen Kassettenrekorder spielen. Sie lief weiter und steckte ihren Kopf ins Arbeitszimmer ihrer Mutter. „Ich gehe noch ein bisschen zu Sternenschweif", sagte sie zu ihr.

Die Finger ihrer Mutter flogen über die Tastatur des Computers, ihre Augen hingen gebannt am Bildschirm. Alice Foster schrieb Kinderbücher und war gerade mitten in einer neuen Geschichte. „Einverstanden, mein Schatz", sagte sie ohne aufzusehen. „Bleib aber nicht zu lange weg." „Nein, keine Sorge!"

Geschafft, dachte Laura, lief die Treppen hinunter und aus der Küchentür hinaus ins Freie.

Als Sternenschweif Laura sah, wieherte er zur Begrüßung und trabte ihr entgegen.

Laura strahlte. Sie freute sich jedes Mal, wenn sie Sternenschweif sah. „Hallo, mein Kleiner“, sagte sie zärtlich.

Sternenschweif stampfte mit seinen Vorderhufen auf. Mit seiner zotteligen Mähne und seinem struppigen Fell sah er wie ein ganz normales, kleines graues Pony aus. Aber das war er ganz und gar nicht. Laura streichelte seine samtweichen Nüstern. Sie erinnerte sich daran, wie sie ihn das erste Mal verwandelt hatte. Diesen Moment, als plötzlich ein strahlend schönes Einhorn vor ihr stand, würde sie nie vergessen! Manchmal konnte sie es immer noch nicht ganz glauben, dass ihr Pony wirklich ein Einhorn war.

Rasch blickte sie sich um. Niemand war zu sehen. Sie waren sicher. Sternenschweif blickte ihr fest in die Augen, und Laura begann, den Zauberspruch zu murmeln:

Silberstern, Silberstern,
hoch am Himmel, bist so fern.
Funkelst hell und voller Macht,
brichst den Bann noch heute Nacht.
Lass dies Pony grau und klein
endlich doch ein Einhorn sein.

Kaum war das letzte Wort gesprochen, flammte ein violetter Blitz so hell auf, dass sie ihre Augen schließen musste. Als sie sie wieder öffnete, stand Sternenschweif immer noch vor ihr. Aber er war kein unscheinbares graues Pony mehr, sondern ein schimmerndes, weißes Einhorn.

„Es hat geklappt!", jubelte Laura.

Vor einigen Wochen hatte sie Sternenschweifs magische Kräfte entdeckt und den Zauberspruch seitdem schon oft aufgesagt. Doch noch immer hatte sie Angst, dass er eines Tages plötzlich seine Wirkung verlieren könnte.

„Was hast du denn gedacht?", fragte Sternenschweif und schüttelte belustigt den Kopf. In seinem schimmernden Horn fingen sich die letzten Strahlen der untergehenden Sonne, die silberne Mähne und der Schweif glänzten. Sanft blies er seinen Atem in ihre Hände. „Ich hatte eigentlich nicht gedacht, dass du heute Abend noch einmal zu mir kommst. Du wolltest doch deine Hausaufgaben machen."

„Diese blöden Hausaufgaben habe ich auch immer noch vor mir", jammerte Laura. „Ich soll eine Karte von unseren Bergen zeichnen. Und das ist ganz schön schwer." Sie seufzte. „Ich weiß einfach nicht, wie ich das anfangen soll. Ich habe Mel und Jessica versprochen, dass ich bis morgen damit fertig bin."

„Das ist doch kein Problem", sagte Sternenschweif. „Ich fliege mit dir über die Berge, und dann kannst du sie so abmalen, wie wir sie von oben sehen."

Völlig verdutzt starrte Laura ihn an. „Ist das dein Ernst?"

„Aber natürlich", antwortete Sternenschweif vergnügt und schnaubte einmal kräftig zur Bestätigung.

Laura grinste breit. „Sternenschweif, du bist wirklich der Allerbeste! Komm, worauf warten wir noch?"

Kurze Zeit später galoppierten Laura und Sternenschweif hoch durch die Luft. Der Wind blies Laura ins Gesicht, aber ihr war nicht kalt. Sternenschweifs silberne Mähne umhüllte sie, und sein Körper fühlte sich ganz warm an. Als sie aus den Wolken auf die Berge hinuntersausten, lachte Laura vor Freude laut auf. Mit Sternenschweif zu fliegen war einfach das Größte!

Sie nahm einen Stift und ein Blatt Papier aus ihrer Tasche und begann alles zu malen, was sie von oben sehen konnte. Der Wind zerrte an dem Blatt, und sie musste es ganz fest halten, damit es nicht davonflog. Zum Glück konnte sie dank Sternenschweifs magischer Kräfte nicht herunterfallen.

„In Ordnung, jetzt habe ich schon den Fluss und die Täler gezeichnet", sagte Laura zufrieden. Es wurde immer dunkler, und sie musste die Augen fest zusammenkneifen, um überhaupt noch etwas zu erkennen.

„Kannst du etwas tiefer fliegen, damit ich näher an die Bäume komme?"

„Ich kann sogar noch mehr tun", antwortete Sternenschweif. „Warum landen wir nicht kurz, damit du ein paar Blätter einsammeln kannst?"

„Wow, gute Idee!" Laura war begeistert. „Ich könnte sie auf unser großes Poster neben Mels Zeichnungen kleben."

Sternenschweif galoppierte abwärts und landete auf dem weichen Waldboden. Laura stieg ab und pflückte Blätter von allen Bäumen und Büschen – von Eichen, Buchen und Haselnusssträuchern und von anderen, deren Namen sie nicht einmal kannte.

„Das ist wirklich toll!“ Laura war hochzufrieden, als sie wieder aufstieg. „Unsere Karte wird bestimmt die allerbeste!“

„Wohin möchtest du jetzt?“, wollte Sternenschweif wissen, als er sich mit den Hinterbeinen vom Boden abstieß. Es war mittlerweile ganz dunkel geworden.

„Wir machen uns besser auf den Heimweg ...“ Laura zögerte. Sie mussten vorsichtig sein, wenn Sternenschweif ein Einhorn war. Nur in der Nacht, wenn niemand sie sehen konnte, waren sie wirklich sicher. Aber trotzdem war es besser, nicht allzu lange wegzubleiben, sonst würden ihre Eltern vielleicht noch etwas merken.

„Einverstanden. Ab nach Hause“, stimmte Sternenschweif ihr zu und setzte auf seinem Weg hoch in die Luft munter über eine Baumspitze hinweg. „Und los geht's, immer weiter hinauf!“, rief er fröhlich. Er genoss diese Lufttritte genauso sehr wie Laura!

Kurze Zeit später waren sie wieder zu Hause, und Sternenschweif landete sicher auf seiner Koppel. „Vielen Dank für diesen tollen Ritt!“ Laura umarmte ihren Freund ganz fest.

„Gern geschehen“, erwiderte Sternenschweif und stupste sie zärtlich mit der Nase an. „Mir hat es ja auch Spaß gemacht.“

Kaum hatte sie den Rückverwandlungszauber gesprochen, flammte ein violetter Blitz auf, und Sternenschweif war wieder ein ganz normales, kleines graues Pony.

Laura wünschte Sternenschweif gute Nacht und lief schnell ins Haus zurück.

Zu ihrer großen Erleichterung war ihr Vater noch nicht daheim, und ihre Mutter starrte weiter in den Computer. Leise schlich Laura die Treppe hinauf in ihr Zimmer, zog ihre Sachen aus und den Schlafanzug an. Sie warf einen Blick auf ihren Wecker. Es war schon neun, aber sie war noch gar nicht müde. Das war auch so eine Besonderheit, die sie über das Fliegen mit Sternenschweif herausgefunden hatte – sie fühlte sich immer hellwach, wenn sie zurückkam. Vielleicht ist das auch eine von seinen magischen Fähigkeiten, dachte sie.

Sie zog die Skizze, die sie von den Bergen gemacht hatte, aus ihrer Hosentasche und fing an, sie auf ein größeres Blatt Papier zu übertragen. Mrs Fontana hatte ihr erzählt, dass jedes Einhorn selbst herausfinden müsse, welche magischen Fähigkeiten es besitze. Laura und Sternenschweif hatten bereits entdeckt, dass die Berührung seines schimmernden Horns anderen Mut machte. Aber wie aufregend war der Gedanke, dass er noch viel mehr konnte, als sie bisher wussten!

Plötzlich hörte sie, wie sich die Tür vom Arbeitszimmer ihrer Mutter öffnete. Rasch legte sie den Stift beiseite, machte das Licht aus und schlüpfte in ihr Bett.

Kapitel 2

„Das ist absolut genial!“, rief Mel begeistert, als Laura ihrer Freundin am nächsten Morgen die Karte zeigte.

Laura strahlte. Sie war ganz früh aufgestanden, um die Karte fertig zu zeichnen. Obwohl noch nicht alles farbig ausgemalt war, musste sie selbst zugeben, dass sie wirklich gute Arbeit geleistet hatte. Sie hatte nicht nur die Flüsse und Täler eingezeichnet, sondern auch all die verschiedenen Bäume und Pflanzen, die sie in der Nacht gesehen hatte. „Ich habe sogar noch etwas mitgebracht“, sagte sie und holte die Blätter aus ihrer Schultasche. „Die können wir doch auf die Ränder unseres Posters kleben.“

„Wow!“ Mel riss erstaunt die Augen auf. „Wo hast du die denn her?“

„Ach ... von hier und da“, antwortete Laura ausweichend und lenkte rasch ab. „Was sagst du denn zu meiner Karte, Jessica?“ Fragend blickte sie ihre andere Freundin an.

Jessica hatte ihren Kopf gesenkt. Sie kaute an ihren Nägeln herum und schien Lauras Frage gar nicht gehört zu haben.

Mel wedelte mit der Karte vor ihrer Nase herum. „Hallo, Jessica. Wie findest du Lauras Karte?"

„Ja, ja – sie ist ganz toll", murmelte Jessica, ohne sie sich überhaupt richtig anzusehen.

Laura runzelte die Stirn. „Stimmt was nicht?", fragte sie ihre Freundin.

„Mir geht's gut!", zischte Jessica.

Laura und Mel schauten sich überrascht an. Es war sonst überhaupt nicht Jessicas Art, so ruppig zu sein.

Besorgt setzte Laura sich neben sie. „Willst du uns nicht sagen, was los ist?"

Jessicas Schultern sackten noch tiefer. „Es tut mir leid. Es ist nur ... na ja, bei mir zu Hause ist momentan ziemlich miese Stimmung."

„Nun erzähl schon", forderte Mel sie auf.

„Sally kommt über die Ferien", begann Jessica zögernd.

„Aber ich dachte, du magst Sally?", sagte Laura verwundert.

Jessicas Mutter war gestorben, als sie noch ganz klein war. Vor einiger Zeit hatte sich ihr Vater mit Sally verlobt, und sie wollten heiraten.

Jessica seufzte. „Sally mag ich ja auch. Aber sie bringt ihre Tochter Samantha mit.

Die hab ich bis jetzt nur ein paarmal gesehen, weil sie meistens bei ihrem Vater war, wenn Sally uns besucht hat. Und nun soll Samantha aber nach der Hochzeit zu uns ziehen. Deshalb dachte Sally, es wäre eine gute Idee, wenn Samantha jetzt ein paar Tage mit uns verbringt." Jessica musste schlucken. „Mir graust richtig davor. Ich bin mir irgendwie ganz sicher, dass sie mich überhaupt nicht leiden kann. Sie war immer so komisch zu mir."

Tröstend drückte Laura ihrer Freundin die Hand. „Jetzt komm, das bildest du dir bestimmt nur ein."

Jessica starrte jedoch nur in ihr leeres Heft. Sie sah nicht sehr überzeugt aus.

Nichts konnte Jessica an diesem Nachmittag aufheitern. Sie freute sich nicht einmal, als Mr Noland ihr Poster vor der ganzen Klasse lobte.

Nach der letzten Stunde gingen Laura, Mel und Jessica gemeinsam zum Schultor.

„Ich fahre heute mit meinen Eltern über die Ferien zu meinem Onkel Paul und zu Tante Barbara", erzählte Mel ihnen. „Und was ist mit Silver?", fragte Laura. „Wer wird sich denn dann um dein Pony kümmern?"

„Das macht Brad", erwiderte Mel. Brad arbeitete auf dem Hof ihrer Eltern. „Natürlich werde ich Silver furchtbar vermissen, aber ich freue mich auch schon sehr auf meine Tante und meinen Onkel. Die sind nämlich unheimlich nett. Wir werden bestimmt jede Menge Spaß haben. Ich erzähl's euch dann, wenn ich zurück bin." Sie winkte ihren

Freundinnen noch einmal zu, bevor sie zu ihren Eltern lief, die bereits am Schultor auf sie warteten.

„Wow! Das klingt ja gut!“ Laura drehte sich zu Jessica um. Aber ihre Freundin hatte gar nicht zugehört. Sie starrte stumm geradeaus. Laura folgte ihrem Blick. Jessicas Vater wartete mit Sally vor dem Schultor. Neben ihnen stand ein schlankes Mädchen, das etwa elf Jahre alt sein mochte. Es hatte glattes, dunkelbraunes Haar und sah ziemlich mürrisch aus.

Einen Moment lang fürchtete Laura, dass Jessica sich umdrehen und wieder in die Schule zurücklaufen würde. Doch da rief Mr Parker fröhlich: „Jessica, hier sind wir!“

Jessica blieb nichts anderes übrig, als auf die drei zuzugehen. Laura folgte ihr langsam.

„Hallo, ihr zwei“, begrüßte Sally die beiden Mädchen. „Wie war's in der Schule?“

„Ganz gut, danke“, antwortete Laura. Jessica nickte nur stumm. Neugierig sah Laura Samantha an. Das ältere Mädchen scharrte gelangweilt mit ihren Turnschuhen auf dem Boden herum. Es war nicht möglich zu erkennen, was in ihrem Kopf vor sich ging. Nicht ein einziges Mal schaute sie Jessica an.

„Nun ja“, sagte Mr Parker, als die Stille zu ungemütlich wurde. „Ich glaube, wir sollten uns auf den Heimweg machen.“

„Dad“, wandte sich Jessica plötzlich an ihren Vater. „Kann Laura mich am Wochenende besuchen kommen?“

Laura sah sie erstaunt an.

„Ich weiß nicht, Jess.“ Mr Parker schien sich ein wenig unbehaglich zu fühlen. „Ein anderes Mal wäre vielleicht besser. Schließlich ist Samantha da ...“

Samantha kickte einen Stein über die Straße. „Ist mir doch egal, ob Jessica Besuch von einer Freundin bekommt.“

„Samantha!“, rief Sally entrüstet, und einen Moment lang dachte Laura, dass sie ihre Tochter zurechtweisen würde. Aber dann glättete sich ihr Gesicht wieder. „Rede bitte nicht in diesem Ton mit uns“, sagte sie ruhig.

Samantha zuckte nur mit den Schultern und kickte einen weiteren Stein zur Seite.

„Bitte, Dad“, flehte Jessica.

Ihr Vater schaute Samantha an, dann stieß er einen Seufzer aus. „Von mir aus.“ Er wandte sich an Laura: „Wenn deine Eltern einverstanden sind, kannst du gerne morgen Vormittag bei uns vorbeischauen. Komm, Jessica, wir müssen jetzt los. Ich habe gleich hier um die Ecke geparkt."

Bedrückt sah Laura Jessica und ihrer Familie nach, bis sie aus ihrem Blickfeld verschwanden. Arme Jessica! An diesem Wochenende wollte sie wirklich nicht mit ihr tauschen.

Kaum war Laura zu Hause angekommen, zog sie ihre Reitsachen an und eilte zu Sternenschweif. Während sie ihn striegelte, erzählte sie ihm von Jessica. Wenn er nicht verwandelt war, konnte er ihr zwar nicht antworten, aber sie wusste, dass er alles verstand.

„Jessica ist ganz unglücklich", schloss Laura ihren Bericht und strich mit der Bürste über seinen Hals.

Sternenschweif wieherte mitfühlend.

„Morgen werde ich sie besuchen. Ich wünschte nur, ich könnte irgendetwas tun, um sie aufzuheitern", seufzte Laura. Sternenschweif schubste sie aufmunternd an. Laura runzelte die Stirn. Sternenschweif wollte ihr bestimmt etwas sagen. Aber was?

Das Pony stieß mit seinem Kopf gegen den Sattel, der auf dem Gatter lag. Lauras Augen weiteten sich. Natürlich! Das war die Idee!

„Ich bringe Jessica morgen hierher, und dann kann sie dich reiten!" Laura war ganz begeistert von diesem Einfall. „Sie liebt Pferde genauso sehr wie ich. Das wird sie ganz bestimmt auf andere Gedanken bringen."

Sternenschweif nickte zufrieden, ganz so, als habe er genau das sagen wollen.

Kapitel 3

„Guten Morgen, Laura!" Freundlich begrüßte Mr Parker Laura, als er ihr am nächsten Morgen die Tür öffnete. „Jessica ist mit Sally und Samantha in der Küche."

Als Laura eintrat, saß Jessica am Küchentisch und malte ein Pferd. Samantha lauschte gelangweilt der Musik aus ihrem Walkman.

„Laura, endlich!" Jessica sprang auf.

Sally räumte die Spülmaschine aus. „Guten Morgen, Laura. Wie geht's?"

„Danke, gut", erwiderte Laura höflich. Sie betrachtete Jessicas Zeichnung. „Dein Pferd ist gut geworden."

„Danke schön", antwortete Jessica und lächelte sie an.

„Meine kleine Künstlerin", sagte Mr Parker liebevoll, nachdem er ebenfalls einen Blick auf das Bild geworfen hatte.

Jessica war das ein bisschen peinlich. Sie warf Laura einen Blick zu. „Komm, lass uns in mein Zimmer gehen."

„Möchtet ihr ein paar Kekse und zwei Gläser Milch mitnehmen?", fragte Sally.

Laura und Jessica nickten eifrig. Während Sally die Milch eingoss, holte Jessica die Keksdose und wandte sich an Samantha: „Möchtest du auch einen Keks, Samantha?“

Doch die rührte sich nicht und lauschte weiter ihrem Walkman. Als Sally ihr den Kopfhörer von den Ohren nahm, protestierte Samantha lauthals: „Mensch, Mama, was machst du denn da?“

„Jessica hat dich gerade gefragt, ob du auch einen Keks haben möchtest.“

Samantha warf einen kurzen Blick in die Dose. „Die mag ich alle nicht“, antwortete sie schlecht gelaunt.

Sprachlos starrte Laura das Mädchen an. Wenn sie sich so benähme, wäre ihre Mutter ganz schön wütend auf sie. Sally dagegen sagte kein einziges Wort.

„Welche Kekse magst du denn gerne, Samantha?“, erkundigte sich Mr Parker.

Samantha zuckte die Achseln. „Entweder welche mit Nüssen oder mit Schokolade.“

„Wenn das so ist, können wir heute Nachmittag welche kaufen, wenn wir in die Stadt fahren“, schlug Mr Parker vor.

„Los, komm“, flüsterte Jessica Laura zu. „Lass uns endlich in mein Zimmer gehen.“

Kaum waren sie dort angekommen, schmiss Jessica sich wütend auf ihr Bett. „Ich kann es einfach nicht fassen, was Dad und Sally sich alles von Samantha gefallen lassen! Sie tanzt ihnen richtig auf der Nase herum. Sie darf einfach alles. Nimm als Beispiel nur heute Nachmittag. Dad hat vorgeschlagen, dass wir Minigolf spielen oder kegeln gehen – aber nein, die gnädige Dame mag nicht. Also müssen wir alle in die Stadt fahren, auch wenn außer ihr keiner von uns dazu Lust hat. Wir machen immer nur noch, was sie will. Wie soll das bloß nach der Hochzeit werden, wenn sie für immer hier lebt?“

Laura hätte ihre Freundin gerne getröstet, doch sie wusste nicht, was sie sagen sollte.

Jessica schniefte und wischte ärgerlich eine Träne weg. „Es tut mir leid, dass du dir das jetzt alles anhören musst.“

„Ist schon okay“, beruhigte Laura sie. Dann fiel ihr wieder ein, was sie sich gestern überlegt hatte. „Was hältst du davon, wenn wir zu mir gehen und du eine Runde auf Sternenschweif reitest?“

Plötzlich strahlte Jessicas Gesicht. „Oh ja! Das ist wirklich eine super Idee!“

Rasch aßen die beiden Mädchen die Kekse und tranken die Milch. Dann nahmen sie die leeren Gläser mit nach unten.

Sally und Samantha saßen noch immer in der Küche. Als Jessica und Laura hereinkamen, brach Sally mitten im Satz ab. „Oh … na, ihr beiden?“

Samantha sagte nichts. Und Jessica bemühte sich, sie nicht zu beachten. „Darf ich mit Laura zu Sternenschweif gehen?", fragte sie Sally.

Sally lächelte. „Warum nicht?" Dann schaute sie ihre Tochter an. „Samantha, warum begleitest du die beiden nicht? Du würdest doch bestimmt auch gerne Lauras Pony kennenlernen?"

Entgeistert starrte Laura Sally und dann Jessica an. Das war ganz bestimmt nicht Teil ihres Plans gewesen! Aber es war auch egal, denn Samantha wollte bestimmt sowieso nicht mitkommen.

Samantha zuckte gleichgültig mit den Schultern. „Von mir aus."

„Ich bin sicher, ihr werdet viel Spaß haben", sagte Sally und lächelte erfreut.

Samantha erhob sich gelangweilt und schaute Jessica und Laura an. „Na, dann wollen wir mal", sagte sie mürrisch und ging an den beiden vorbei aus der Küche.

Die Freundinnen warfen sich unglückliche Blicke zu. So hatten sie sich das nicht vorgestellt. Aber es blieb ihnen nichts anderes übrig, als Samantha nach draußen zu folgen.

„Und, wo liegt denn nun euer Hof?", wollte Samantha wissen.

„Etwa zehn Minuten von hier", erwiderte Laura.

„Okay." Damit setzte Samantha ihren Kopfhörer wieder auf und marschierte vor den beiden die Straße entlang.

„Ich will nicht, dass sie mitkommt!" Jessica war außer sich. Laura schüttelte nur den Kopf und flüsterte: „Ich auch nicht. Aber was können wir schon dagegen tun?"

Kapitel 4

Samantha wartete vor der Einfahrt zum Hof auf sie.

„Sternenschweif ist dahinten.“ Laura deutete auf den Weg, der am Haus vorbei zur Koppel führte.

Samantha zuckte gleichgültig mit den Schultern. Aber sie folgte den beiden Richtung Koppel.

Sternenschweif stand in der Nähe des Gatters. Als er die drei näher kommen sah, wieherte er zur Begrüßung.

„Ist der aber nett“, brach es begeistert aus Samantha heraus.

Laura und Jessica drehten sich gleichzeitig um und starrten Samantha verdutzt an. Ihr Gesicht hatte tatsächlich seinen düsteren Ausdruck verloren. Es strahlte.

„Dann magst du also Pferde?“, fragte Jessica. Samanthas Gesicht verschloss sich sofort wieder. Sie tat die Frage mit einem Achselzucken ab. „Es geht so“, erwiderte sie kühl. Dann ging sie zum Zaun und kickte gelangweilt Steinchen hin und her.

Laura beschloss, sie einfach nicht mehr zu beachten. Sie holte Sternenschweifs Halfter und das Putzzeug. Jessica und sie striegelten Sternenschweif gemeinsam, während Samantha gelangweilt am Gatter lehnte.

Doch als Laura und Jessica Sternenschweifs Sattel und Zaumzeug holten, sah Laura aus dem Augenwinkel, wie Samantha zu Sternenschweif ging und ihn vorsichtig streichelte.

Sternenschweif benahm sich wirklich vorbildlich. Er galoppierte mit Jessica um die Koppel und sprang mit ihr über das kleine Hindernis, das Lauras Vater für sie aufgebaut hatte. Jessica war ganz begeistert. „Sternenschweif ist wirklich toll, Laura. Beim Sprung hatte ich beinahe das Gefühl, wir würden fliegen!“

Unter seiner langen Mähne warf Sternenschweif Laura einen verschmitzten Blick zu.

Jessica stieg ab. „Jetzt bist du dran, Laura.“

Aber als Laura Sternenschweifs Zügel ergreifen wollte, machte das Pony einen Schritt nach vorne und schnaubte auffordernd in Samanthas Richtung.

Laura ahnte, was er ihr damit zu verstehen geben wollte. „Samantha, möchtest du auch einmal reiten?“, fragte sie.

„Ich?“ Samantha sah ganz überrascht aus. Für einen Moment dachte Laura, dass sie Ja sagen würde. Aber dann besann sie sich eines Besseren. „Nein danke. Keine Lust“, wies sie das Angebot barsch zurück und ging mit verschränkten Armen davon.

Laura runzelte die Stirn. Sie war sich sicher, dass Samantha Pferde mochte. Warum war sie bloß die ganze Zeit so unfreundlich? Laura schüttelte den Kopf und schaute Sternenschweif Rat suchend an. Aber das Pony schien Samantha ebenso wenig zu verstehen wie sie.

Den Rest des Vormittags sagte Samantha kein einziges Wort mehr. Sie beachtete Jessica und Laura auch dann nicht, als sie Sternenschweif absattelten und ihn noch einmal striegelten. Erst gegen Mittag machte sie wieder den Mund auf, aber nur um zu sagen: „Wir sollten jetzt gehen, Jessica. Es gibt bald Essen.“ Jessica nickte zögernd.

Während Samantha schon vorausging, drehte Jessica sich noch einmal zu Laura um. „Ich wünschte, du würdest mit uns kommen“, flüsterte sie. „Der Rest des Wochenendes wird bestimmt ganz schrecklich.“

„Vielleicht wird es ja gar nicht so schlimm“, versuchte Laura ihre Freundin zu beruhigen. „Könnte doch sein, dass Samantha bald aufhört, so schlechte Stimmung zu verbreiten.“

Aber Jessica ließ sich nicht so leicht überzeugen.

Wie zur Bestätigung rief Samantha mürrisch: „Nun mach schon, Jessica. Oder willst du da Wurzeln schlagen?"

„Tschüss, Laura", flüsterte Jessica. Sie klang so, als würde sie gleich anfangen zu weinen.

Bekümmert sah Laura ihrer Freundin nach, als diese hinter Samantha herlief. „Ach, Sternenschweif", sagte sie leise und legte ihren Kopf an seinen, „ich wünschte, wir könnten ihr helfen."

An diesem Abend verwandelte Laura Sternenschweif wieder in ein Einhorn. „Wenn wir doch nur etwas tun könnten, damit Jessica und Samantha sich besser verstehen", seufzte sie. „Samantha ist aber auch wirklich schrecklich!"

„Sie hat mich gestreichelt, als du mit Jessica meinen Sattel geholt hast", erzählte Sternenschweif. „Da war sie ganz anders. Irgendwie hatte ich das Gefühl, sie wäre traurig."

„Warum sollte sie traurig sein?", wunderte sich Laura. „Klar, ihre Mutter heiratet wieder. Aber Jessica und ihr Vater sind wirklich nett. Und außerdem", sie runzelte ärgerlich die Stirn, „selbst wenn sie darüber traurig ist, sollte sie nicht so gemein zu Jessica sein."

„Ich weiß", erwiderte Sternenschweif. „Aber es ist bestimmt nicht so einfach für Samantha, ihr altes Zuhause zu verlassen und ein neues Leben mit einem Stiefvater und einer Stiefschwester zu beginnen."

„Wahrscheinlich nicht." Richtig überzeugt war Laura allerdings nicht.

„Ich glaube, dass Samantha in Wirklichkeit gar nicht so gemein ist", fuhr Sternenschweif fort. „Sie tut nur so. Manchmal machen Menschen eben seltsame Dinge, wenn sie unglücklich sind."

„Na ja, auf jeden Fall wünschte ich, dass Samantha damit aufhören würde", erwiderte Laura bedrückt. „Jessica ist schon ganz verzweifelt."

Sternenschweif stupste sie aufmunternd an. „Wie wär's, wollen wir ein bisschen fliegen?"

„Warum nicht? Vielleicht bringt uns das ja auf andere Gedanken. Fliegen wir zur Lichtung?"

Sternenschweif war sofort einverstanden. Laura stieg auf, und das Einhorn schwang sich in die Luft.

Kurze Zeit später flog Sternenschweif auf die Bäume zu, die die Berge hinter dem Haus bedeckten. Sanft landete er auf dem weichen Gras der Lichtung.

„Sieht das schön aus!" Laura stockte der Atem. Sie war noch nie zuvor bei Nacht hier gewesen. Sie hätte gedacht, dass es dort ganz dunkel sein würde. Aber hunderte von Glühwürmchen erhellten die Dunkelheit. Sie tanzten und schwärmten umher wie winzige schimmernde Sterne. Langsam glitt Laura von Sternenschweifs warmen Rücken. Tief atmete sie die Nachtluft ein. Sie roch schwer und süß nach den violetten Blumen, mit denen die Lichtung übersät war. Die Blüten waren sternenförmig, und auf der Spitze eines jeden Blütenblatts schimmerte ein goldener Punkt.

Mondblumen, dachte Laura bei sich. Genauso eine Blüte hatte sie benötigt, um Sternenschweif das allererste Mal in ein Einhorn zu verwandeln. Sie lief etwas weiter in die Lichtung hinein, kniete sich hin und bewunderte die schimmernden Blüten.

Sternenschweif schnaubte leise. Er schritt zu dem mit Gras bedeckten Hügel in der Mitte der Lichtung und begann, ein paar Halme zu zupfen. Sein langes Horn strich dabei sanft über das Grün.

Laura ging zu ihm. Zum ersten Mal fielen ihr die Steine auf, die am Fuße des kleinen Hügels lagen. Im Licht, das die Glühwürmchen ausstrahlten, schienen sie geheimnisvoll rosa zu schimmern. „Sind das magische Steine?“, fragte Laura Sternenschweif.

„Ich glaube nicht“, antwortete er. „Das ist Rosenquarz. Man kann solche Steine überall hier im Wald finden.“

„Ach so.“ Laura war ein bisschen enttäuscht. Sie setzte sich auf den grasbedeckten Hügel und schaute dem Tanz der Glühwürmchen zu. „Ich frage mich, was Jessica jetzt wohl gerade macht“, sagte sie. „Ich würde es zu gerne wissen.“

„Ich auch", erwiderte Sternenschweif. Noch während er sprach, berührte sein Horn einen der rosafarbenen Steine. Ein violetter Blitz erhellte die Lichtung.

Sternenschweif wieherte erschrocken und schnellte zurück, als plötzlich dichter Nebel unter den Steinen hervorquoll.

Laura sprang erschrocken auf. „Sternenschweif!", rief sie. „Was ist das?"

Kapitel 5

Laura und Sternenschweif starrten auf den Nebel.
„Was ist hier los?“, stieß Laura hervor und klammerte sich an Sternenschweifs Mähne.

„Ich weiß es nicht“, antwortete das Einhorn verunsichert.

Der Nebel löste sich langsam auf.

„Sieh nur“, rief Laura. Einer der Steine hatte sich verwandelt. Seine Oberfläche glänzte silbern, er sah mit einem Mal wie ein Spiegel aus. Und er zeigte ein Bild. Laura trat vorsichtig näher heran.

„Da sind vier Leute“, flüsterte sie. „Ich sehe einen Mann, eine Frau und ...“ Verwirrt hielt sie inne und starrte in den Spiegel. „Sternenschweif, sieh doch nur, das ist Jessica!“

Rasch trat Sternenschweif an ihre Seite. Verblüfft betrachteten sie gemeinsam das Bild, das auf der Oberfläche des Steins erschienen war. Es zeigte Jessicas Wohnzimmer. Mr Parker und Sally saßen auf dem Sofa und sprachen mit Samantha. Jessica saß etwas abseits auf dem Boden.

Plötzlich hörte Laura ein leises Murmeln, es klang wie Stimmen,

die aus weiter Ferne zu ihr drangen. Sie beugte sich näher über den Spiegel. Es waren wirklich Stimmen! Wenn sie ihr Ohr nahe an den Stein hielt, konnte sie hören, was sie sagten …

Sally fragte gerade Samantha: „Was möchtest du denn morgen machen, mein Schatz?“

Laura sah, wie Samantha mit den Schultern zuckte. „In die Stadt fahren“, sagte sie gelangweilt.

„Oh nein, nicht schon wieder“, entfuhr es Jessica.

Laura sah, wie Sally und Mr Parker einen beunruhigten Blick wechselten. „Vielleicht könnten wir ja auch etwas anderes machen?“, schlug Mr Parker vor.

Samantha verzog das Gesicht.

„Es gibt hier aber nichts, wozu ich sonst Lust hätte!“, verkündete sie aufsässig.

Laura sah Sternenschweif an. „Das ist wirklich unglaublich!“, flüsterte sie. „Wir können sehen und sogar hören, was genau in diesem Moment bei Jessica zu Hause passiert. Vielleicht ist das doch ein Zauberstein?“

„Oder liegt es gar nicht am Stein?“, grübelte Sternenschweif. „Du hast doch gesagt, du würdest so gerne wissen, was Jessica gerade macht, und ich habe den Stein mit meinem Horn berührt ...“

„Mmh, vielleicht hat ja dann dein Horn diesen Zauber bewirkt?“

Sternenschweif nickte nachdenklich. „Als ich noch ein Fohlen war, erzählte meine Mutter mir von den weisen Einhörnern, die über Arkadia herrschen.“

„Das ist doch das Land, in dem alle magischen Wesen leben, nicht wahr?“, unterbrach Laura ihren Freund. Sie erinnerte sich noch gut an das, was sie in dem Buch „Geschichte der Einhörner“, das Mrs Fontana ihr geschenkt hatte, darüber gelesen hatte.

„Ja, das stimmt“, antwortete Sternenschweif. „Meine Mutter hat mir erzählt, dass es sieben Goldene Einhörner gibt, die über unsere Welt hier wachen. Sie können die Menschen in einem steinernen Tisch sehen, dessen Oberfläche sich in einen Spiegel verwandelt, wenn sie ihn mit ihren Hörnern berühren.“

„Und nun denkst du, dass du das mit deinem Horn auch kannst?“, fragte Laura gespannt.

Sternenschweif nickte aufgeregt. „Ja!“

„Meinst du, es ist egal, was für ein Stein das ist?“, wollte Laura wissen.

„Ich weiß es nicht“, entgegnete Sternenschweif, „aber ich denke, das lässt sich leicht herausfinden.“ Er trabte zum anderen Ende der

Lichtung, wo ein Felsblock aus Granit lag. „Was wünschen wir uns denn zu sehen?"

„Wie wäre es mit unserem Haus?", schlug Laura vor.

„Ich wünsche mir, Lauras Haus zu sehen", sagte Sternenschweif und berührte mit seinem schimmernden Horn den Stein.

Aber nichts passierte.

„Vielleicht geht es nur, wenn der Stein aus Rosenquarz ist", überlegte Laura.

Sternenschweif galoppierte zurück zu einem der rosa-grauen Steine, berührte ihn mit seinem Horn und sagte erneut: „Ich wünsche mir, Lauras Haus zu sehen." Laura hielt den Atem an.

Ein violetter Blitz leuchtete auf, und Nebel quoll unter dem Stein hervor.

„Es hat geklappt!", rief Laura begeistert.

Sie lief zu Sternenschweif hinüber. Als der Nebel sich langsam auflöste, bemerkte sie, dass die Oberfläche des Steins schimmerte. Ein verschwommenes Bild erschien, das allmählich immer deutlicher hervortrat, bis Laura alles genau erkennen konnte. „Wow! Das ist wirklich unglaublich!", flüsterte sie. Sie erkannte das Auto ihres Vaters und den kleinen Weg, der zu Sternenschweifs Koppel führte. Sie sah sogar, wie Buddy neugierig um Sternenschweifs Stall herumschnüffelte.

Sternenschweifs Horn streifte den Stein erneut, und mit einem leisen Plopp verschwand das Bild.

Laura lief zu dem ersten Stein zurück. Sein Bild zeigte immer noch Jessicas Wohnzimmer, so klar und deutlich, als würde sie es im Fernsehen sehen. Jessica war mittlerweile aufgestanden. Sie sah ganz traurig aus.

„Ich will aber morgen nicht schon wieder in die Stadt fahren!", erklärte sie gerade.

Ihr Vater seufzte. „Nun ja, genau das werden wir aber tun, wenn Samantha das gerne möchte."

Jessica starrte ihn wütend an: „Und warum müssen wir immer das tun, was sie möchte?" Sie warf Samantha einen bitterbösen Blick zu, aber die saß nur ganz gelangweilt auf dem Sofa und beachtete sie nicht. „Das ist einfach nicht fair!"

„Jetzt ist es aber genug, Jessica!", ermahnte Mr Parker sie.

Laura sah, wie Jessica mühsam eine Antwort hinunterschluckte und aus dem Zimmer lief.

Mr Parker raufte sich die Haare. „Ich gehe wohl besser nach oben und sehe nach ihr“, sagte er zu Sally.

Laura schaute Sternenschweif an. „Ich wünschte so sehr, dass wir ihr helfen könnten! Kannst du nicht etwas für sie tun?“

„Aber was denn nur?“ Sternenschweif war genauso ratlos wie sie.

„Ich weiß es einfach nicht“, antwortete Laura. „Vielleicht hat Mrs Fontana ja eine Idee.“

Mrs Fontana gehörte die kleine Buchhandlung in der Stadt, und sie wusste alles über Sternenschweifs Geheimnis.

Sternenschweif nickte eifrig. „Das ist eine gute Idee!“

Laura warf wieder einen Blick auf den Spiegel. Sally hatte Samantha in den Arm genommen und sprach beschwörend auf sie ein. Laura wollte sich schon über das Bild beugen, um ihnen zuzuhören, aber dann ließ sie es bleiben. Es schien ihr irgendwie nicht richtig zu sein, dieses Gespräch zu belauschen.

„Bitte, mach, dass es verschwindet!“, drängte sie ihren Freund.

Bereitwillig berührte Sternenschweif das Bild mit seinem Horn, und es verschwand mit einem leisen Plopp. Obwohl die Glühwürmchen immer noch über der Lichtung tanzten, war es mit einem Mal viel dunkler geworden.

„Komm“, sagte Laura. Sie ergriff Sternenschweifs Mähne und stieg auf. „Lass uns nach Hause fliegen.“

Kapitel 6

Am nächsten Tag nahm Lauras Mutter sie mit in die Stadt. Schwungvoll öffnete sie die altmodische Eingangstür von Mrs Fontanas Buchhandlung. Das Türglöckchen bimmelte fröhlich, und Walter, Mrs Fontanas schwarz-weiß gefleckter Terrier, begrüßte Laura mit heftigem Schwanzwedeln. Als Laura ihn streichelte, tauchte Mrs Fontana aus dem hinteren Teil des Ladens auf.

„Guten Morgen, Laura. Das ist aber eine nette Überraschung!", sagte sie zur Begrüßung, und ein freundliches Lächeln breitete sich auf ihrem Gesicht aus.

Wie an jedem Tag war ihr langes, graues Haar auch heute zu einem ordentlichen Knoten aufgesteckt, und ein senfgelber Schal lag wärmend über ihren Schultern. „Sag, was kann ich für dich tun?"

Laura blickte sich suchend um. Sie wollte ganz sicher sein, dass ihnen niemand zuhörte.

„Es ist alles in Ordnung", beruhigte Mrs Fontana sie. „Außer dir und mir ist niemand hier." Ihre strahlend blauen Augen blickten forschend in

Lauras Gesicht. „Ich nehme an, du kommst wegen Sternenschweif?“

Laura nickte zustimmend.

„Warum setzen wir uns nicht?“, schlug Mrs Fontana vor und zeigte einladend auf die gemütlichen Sessel, die zwischen den schwankenden Türmen aus hoch aufgestapelten alten und neuen Büchern standen. Mrs Fontana setzte sich Laura gegenüber. „Nun erzähl mir, was passiert ist“, forderte sie das Mädchen auf.

Und Laura erzählte ihr alles über Jessica und über die Nacht auf der Lichtung. Als sie an die Stelle kam, an der Sternenschweif mit seinem Horn den Rosenquarz berührt hatte und das Bild von Jessicas Zuhause erschienen war, schmunzelte Mrs Fontana.

„Da hast du dich bestimmt ganz schön erschrocken“, sagte sie.

„Oh ja, das habe ich“, antwortete Laura und musste ebenfalls lachen.

„Diesen Zauber habe ich immer ganz besonders an den Einhörnern gemocht.“ Ein sanftes Lächeln erschien in ihrem Gesicht, und Laura war sich sicher, dass sie sich an vergangene Zeiten erinnerte.

Mit einem Blinzeln kehrte Mrs Fontana in die Gegenwart zurück. „Und was kann ich nun für dich tun?“

„Ich würde gerne wissen, ob Sternenschweif meiner Freundin helfen kann?“, sprudelte Laura heraus.

„Aber natürlich kann er das!“ Mrs Fontana lächelte. „Doch mehr darf ich euch nicht verraten. Ihr müsst selbst herausfinden, was er mit seinen magischen Kräften alles vermag. Aber ich bin sicher, dass dein gutes Herz und sein Mut euch auf den richtigen Weg führen werden.“

Laura war enttäuscht. Sie hatte so sehr gehofft, dass Mrs Fontana ihr weiterhelfen würde. Nun war sie noch genauso ratlos wie zuvor.

„Aber ich habe schon so viel darüber nachgedacht, wie wir Jessica helfen können. Und ich weiß es einfach nicht. Können Sie uns wirklich nicht mehr sagen?“

Mrs Fontana beugte sich zu ihr, ihre Stimme senkte sich zu einem verschwörerischen Flüstern: „Vielleicht hilft es dir weiter, wenn ich dir verrate, dass auch jemand anders Sternenschweif in seiner wahren Gestalt sehen darf, ohne dass es euch in Gefahr bringt. Diese Person muss danach jedoch den Trank des Vergessens trinken, damit sie sich nicht mehr erinnern kann, ein Einhorn gesehen zu haben. Allerdings ...“, und bei diesen Worten schienen sich ihre Augen in Lauras zu bohren, „wirkt der Trank des Vergessens nur, wenn der, der ihn trinkt, um seine Wirkung weiß und es freiwillig tut. Deshalb darfst du nur jemandem, dem du wirklich vertraust, Sternenschweifs Geheimnis verraten. Wenn die falsche Person davon erfährt, könntest du damit Sternenschweifs Leben aufs Spiel setzen.“

Lauras Gedanken überstürzten sich. Es gab einen Trank, der es anderen erlaubte, Sternenschweif in seiner wahren Gestalt zu sehen, ohne das Einhorn in schreckliche Gefahr zu bringen? „Aber wie kann ich denn Jessica damit helfen?“, fragte sie Mrs Fontana verwirrt.

Mrs Fontana lächelte. „Wie ich schon sagte – wie ihr Sternenschweifs magische Kräfte nutzt, liegt an euch. Mehr kann ich euch wirklich nicht sagen.“ Sie schien Lauras Enttäuschung zu spüren, denn gleich darauf fuhr sie fort: „Liebe Laura, bitte glaub mir, dass ich es euch wirklich nicht unnötig schwer machen möchte.“ Tröstend ergriff sie Lauras Hände. „Es gibt gute Gründe, warum ich euch nicht sagen kann, wie Sternenschweif seine Zauberkräfte einsetzen kann.“

„Aber warum dürfen Sie uns das denn nicht sagen?“, wollte Laura wissen.

Mrs Fontana schaute ihr fest in die Augen. „Eines Tages wirst du das verstehen.“

In diesem Moment bellte Walter, und Mrs Fontana blickte zur Ladentür. „Da kommt jemand“, sagte sie warnend. „Wir können jetzt nicht weitersprechen. Nutze den Rat, den ich dir gegeben habe, gut. Versprich mir, dass du sehr vorsichtig sein wirst und dir gut überlegst, wem du Sternenschweifs Geheimnis anvertraust.“

„Das werde ich tun“, versprach Laura feierlich.

Dann öffnete sich die Ladentür, und Mrs Foster kam herein. „Guten Tag, Mrs Fontana“, begrüßte sie die Ladenbesitzerin lächelnd. „Da bist du ja, Laura“, sagte sie, als sie ihre Tochter erblickte. „Wir müssen uns leider auf den Heimweg machen, Mrs Fontana. Laura, bist du so weit?“

Laura nickte und erhob sich langsam aus dem Sessel. „Auf Wiedersehen, Mrs Fontana, und vielen Dank für alles.“

„Auf Wiedersehen, Laura." Mrs Fontana zwinkerte ihr zu. „Ich bin mir sicher, dass wir uns schon bald wiedersehen werden."

Laura ging zur Tür. Aber bevor sie ihrer Mutter nach draußen folgen konnte, hielt Mrs Fontana sie noch einmal auf. „Ach Laura, warte mal. Das hier könntest du brauchen", sagte sie und drückte Laura ein klein zusammengefaltetes Stück Papier in die Hand.

„Danke", sagte Laura verwundert. Sie fragte sich, was es mit diesem Stück Papier wohl auf sich hatte.

Neugierig faltete sie es auf dem Weg zum Auto auseinander und begann zu lesen: *Man nehme zwei Mondblumen und ein Haar aus der Mähne eines Einhorns ...*

Das war das Rezept für den Trank des Vergessens!

„Was hast du denn da, mein Schatz?" Die Frage ihrer Mutter ließ sie hochschrecken.

Hastig faltete Laura den Zettel wieder zusammen und steckte ihn in ihre Hosentasche. „Ach", antwortete sie ausweichend, „nichts Besonderes!"

Kapitel 7

Laura konnte es kaum erwarten, Sternenschweif alles zu erzählen. Als sie wieder zu Hause angekommen waren, brachte sie mit ihrer Mutter noch schnell die Einkaufstüten ins Haus, dann sagte sie zu ihr: „Ich werde jetzt mit Sternenschweif ausreiten.“

Kurze darauf war das Pony gesattelt. „Warte nur, bis du hörst, was ich dir zu erzählen habe“, sprudelte es aus Laura heraus, als sie die Steigbügel lang zog und endlich aufsteigen konnte. „Jetzt aber schnell – lass uns zur Lichtung reiten.“

Sternenschweif spürte ihre Unruhe, aufgeregt kaute er auf seinem Gebiss herum und fiel in einen raschen Trab. Kaum hatten sie den Weg erreicht, der in den Wald führte, beugte Laura sich vor und gab die Zügel frei. Sternenschweif begann zu galoppieren. Seine Hufe donnerten über den breiten Sandweg, bis sie zu dem verborgenen Pfad kamen, der zur Lichtung führte.

Endlich wichen die Bäume zurück, und Sternenschweif betrat den friedlich daliegenden Platz. Laura stoppte und stieg ab. „Am besten

verwandele ich dich jetzt“, sagte sie und begann abzusatteln. „Ich weiß, es ist noch mitten am Tag, eigentlich viel zu hell. Aber ich glaube nicht, dass uns hier irgendjemand überraschen wird. Und wir müssen unbedingt miteinander reden.“

Sternenschweif senkte seinen Kopf, dann schnaubte er laut. Er schien mit ihrem Vorschlag einverstanden zu sein.

„In Ordnung“, sagte Laura. Leise begann sie die ersten Worte des Zauberspruchs zu murmeln.

Einen Augenblick später war Sternenschweif wieder ein Einhorn. Laura fühlte sich nicht ganz wohl dabei. Bisher hatte sie ihn immer nur im Schutz der Nacht verwandelt. Es schien irgendwie nicht richtig zu sein, dass jetzt die Sonne sein silbernes Horn erstrahlen ließ. Aber Sternenschweif schien das überhaupt nichts auszumachen.

„Also“, fragte er sie neugierig, „was hat Mrs Fontana denn nun zu dir gesagt?“

„Sie hat mir das hier gegeben“, antwortete Laura und zog das Papier aus ihrer Hosentasche. Sie entfaltete es und las laut vor, was Mrs Fontana aufgeschrieben hatte:

Man nehme zwei Mondblumen und ein Haar aus der Mähne eines Einhorns und lege sie beim Licht des Mondes in ein Gefäß mit Wasser. Dann zähle man bis zehn und warte. Wenn sich die Blumen und das Haar im Wasser aufgelöst haben, ist der Trank des Vergessens bereitet. Der, der davon kostet, wird schon nach kurzer Zeit vergessen haben, dass er wahrhaftig ein Einhorn gesehen hat. Aber das, was er durch das Einhorn erkannt hat, wird er in sich tragen.

Sternenschweif wollte ganz sichergehen: „Das heißt also, dass keiner, der davon trinkt, sich an mich erinnern kann?"

„Genauso ist es", bestätigte Laura.

„Aber was passiert, wenn diese Person ihre Meinung auf einmal ändert und nicht mehr davon trinken will?"

„Mrs Fontana hat mich gewarnt und gesagt, dass wir damit ein Risiko eingehen", antwortete Laura. „Wir müssen uns sehr genau überlegen, wem wir dein Geheimnis anvertrauen."

„Aber ich verstehe immer noch nicht, warum es Jessica helfen sollte, mich zu sehen."

Laura seufzte. Diese Frage hatte sie sich selbst seit dem Vormittag bestimmt schon hundert Mal gestellt. „Ja, das verstehe ich eben auch nicht. Doch ich weiß genau, dass Mrs Fontana uns das Rezept nicht gegeben hätte, wenn wir es nicht gebrauchen könnten. Wir müssen einfach noch mehr darüber nachdenken, wie es Jessica nützen kann."

Laura blickte sich vorsichtig um. Obwohl die Lichtung der sicherste Platz war, den sie sich vorstellen konnte, war es trotzdem möglich, dass jemand zufällig hier vorbeikam und sie beide entdeckte. „Ich sollte dich jetzt besser wieder zurückverwandeln, Sternenschweif. Ich komme heute Nacht zu dir, und dann überlegen wir noch einmal gemeinsam. Irgendetwas muss uns doch einfallen!"

Sternenschweif war einverstanden, und Laura sprach den Rückverwandlungszauber. Ein violetter Blitz flammte auf, und vor ihr stand wieder ein ganz normales, kleines graues Pony.

Als sie auf dem Hauptweg ankamen, warf Laura einen Blick auf ihre Uhr. Es war noch ziemlich früh. „Was hältst du davon, wenn wir noch bei Jessica vorbeischauen?", fragte sie Sternenschweif. „Wir müssen ja nicht lange bleiben. Aber sie würde sich bestimmt freuen, uns zu sehen."

Sternenschweif nickte zum Einverständnis, und sie trabten die Straße entlang zu Jessicas Haus.

Sally goss gerade die Blumen. Sie lächelte, als sie die beiden kommen sah. „Hallo, Laura. Wollt ihr Jessica besuchen?"

„Ja, genau", antwortete Laura. Sie fand Sally wirklich richtig nett. „Wir wollten einfach nur kurz vorbeischauen."

„Ich sage ihr Bescheid", bot Sally an. „Meinst du, dein Pony hat vielleicht Durst? Ich könnte einen Eimer Wasser holen."

„Das wäre sehr nett."

Sally ging ins Haus. Kurz darauf trat Jessica aus der Haustür. „Laura! Sally hat mir gesagt, dass du da bist. Und da ist ja auch Sternenschweif!", rief sie.

Sternenschweif beschnupperte sie zur Begrüßung und hinterließ einen feuchten Fleck auf ihrem T-Shirt. Jessica machte das überhaupt nichts aus. Sie grinste nur.

„Ich freue mich so, euch zu sehen!"

„Wie geht's dir denn?", wollte Laura wissen. Obwohl Jessica sie jetzt anstrahlte, waren ihre Augen verdächtig rot. Es sah aus, als habe sie vor noch nicht allzu langer Zeit geweint.

„Och, ganz gut." Jessica versuchte sich zu beherrschen, aber Laura spürte genau, wie bedrückt ihre Freundin war. „Heute Nachmittag soll ich mein Kleid für die Hochzeit anprobieren. Samantha und ich sollen doch Sallys Brautjungfern sein." Jessica brach ab und schluckte schwer. Dann platzte sie heraus: „Ich wünschte, die Hochzeit würde gar nicht erst stattfinden! Samantha war gestern so gemein zu mir!"

„Ich weiß ..." Beinahe hätte Laura sich verraten, konnte sich aber gerade noch rechtzeitig bremsen. „Äh, ich meine ... ich wollte fragen: Was hat sie denn gemacht?"

„Na ja, das, was sie immer tut. Sie hat uns alle wieder abblitzen lassen. Aber dieses Mal bin ich wütend geworden und aus dem Zimmer gerannt. Mein Vater kam hinter mir her und wollte mit mir reden. Er sagte, ich sollte mir doch etwas mehr Mühe geben und versuchen, Samantha zu verstehen. Er sagte, es wäre zwar nicht einfach, mit ihr auszukommen, aber ich solle mir auch bewusst machen, dass sie ihre gewohnte Umgebung verlassen muss, ihre Schule und ihre Freunde, um hier bei uns zu leben. Aber ich glaube, sie benimmt sich deswegen so, weil sie mich einfach nicht leiden kann!"

„Natürlich kann sie dich leiden", setzte Laura an. „Vielleicht hat dein Vater ja recht ..."

„Aber sie kann mich wirklich nicht ausstehen, Laura!", unterbrach Jessica sie heftig. In ihren blauen Augen standen Tränen. „Und ich will nicht, dass sie hierherzieht!"

In diesem Moment hörten sie eine Tür zuschlagen, und schon kam Sally mit einem Eimer Wasser und einer Handvoll Möhren auf die beiden zu. „So, da bin ich wieder", rief sie fröhlich. „Ich habe mir gedacht, dass dein Pony vielleicht nicht nur durstig ist, sondern auch etwas fressen möchte."

„Vielen Dank", entgegnete Laura. Verstohlen schaute sie zu Jessica hinüber, die ihr Gesicht in Sternenschweifs Mähne verbarg, damit Sally ihre Tränen nicht sehen konnte.

„Na gut", sagte Sally. „Dann lasse ich euch mal wieder allein. Bleib aber nicht zu lange draußen, Jessica. Denk dran, dass wir heute noch die Kleider für die Hochzeit anprobieren gehen."

Jessica nickte nur.

Als Sally außer Hörweite war, warf Laura ihrer Freundin einen forschenden Blick zu. „Geht es dir wieder besser?"

Jessica schniefte. „Muss es ja", sagte sie mit zitternder Stimme. „Oh, ich wünsche mir nichts mehr, als dass diese Hochzeit nicht stattfindet!", brach es aus Jessica heraus.

Laura wusste nicht, was sie antworten sollte. Traurig ritt sie nach Hause. Wenn sie doch nur eine Idee hätte, wie sie ihrer Freundin helfen könnte!

Quälend langsam verstrich der Rest des Nachmittags. Laura konnte kaum erwarten, dass es dunkel wurde und sie endlich wieder ungestört mit Sternenschweif über alles reden konnte. Gemeinsam musste ihnen doch etwas einfallen!

„Ich sehe noch mal schnell nach Sternenschweif", sagte sie zu ihren Eltern nach dem Abendessen und zog ihre Turnschuhe an.

„In Ordnung", erwiderte ihr Vater. Er warf einen Blick unter den Tisch, wo Max vergnügt mit Buddy spielte. „Komm jetzt, Max. Es ist Zeit für die Badewanne."

Max und er waren gerade auf Weg nach oben, als das Telefon klingelte. „Gehst du bitte ran, Laura?", rief ihr Vater ihr über die Schulter zu.

Laura sprang auf und nahm den Hörer ab. „Laura Foster", meldete sie sich.

„Laura. Ich bin es, Jessicas Vater." Mr Parkers Stimme klang angespannt, und im Hintergrund hörte Laura jemanden weinen.

„Oh ... hallo!", sagte Laura stockend. Sie fragte sich, warum Mr Parker bei ihnen anrief und wer da im Hintergrund weinte. „Möchten Sie mit meinem ..." Mr Parker unterbrach sie hastig: „Laura, hast du Jessica in den letzten paar Stunden gesehen?"

Laura wunderte sich über diese Frage. „Nein. Warum?"

„Weil sie nicht zu Hause ist", antwortete Mr Parker. „Ich fürchte, sie ist weggelaufen!"

Kapitel 8

Laura war entsetzt. In ihrem Kopf wirbelten die Gedanken durcheinander und sie wusste nicht, was sie sagen sollte. „Weggelaufen!“, stammelte sie schließlich.

„Kann ich bitte deinen Vater sprechen?“, bat Mr Parker.

„Dad!“, schrie Laura. „Schnell, komm ans Telefon!“

Mr Foster eilte die Treppen hinunter. „Was ist denn passiert?“, fragte er besorgt, als er Lauras bleiches Gesicht sah.

„Jessica ist weg!“ Laura konnte es immer noch nicht fassen.

Rasch nahm ihr Vater den Hörer an sich. Laura setzte sich, ihre Beine fühlten sich wie Pudding an. Noch war es hell draußen, aber bald würde die Nacht hereinbrechen. Was würde dann aus Jessica werden?

„Ich komme sofort zu euch und helfe bei der Suche“, hörte sie ihren Vater mit besorgter Stimme sagen. „Ich sage nur noch rasch Alice Bescheid. Falls Jessica bei uns auftaucht, ruft sie euch natürlich sofort an.“ Er lauschte einen Moment und nickte dann. „Natürlich. Ich bin so schnell wie möglich bei euch.“

Er legte den Hörer auf.

Laura schoss sofort hoch. „Kann ich mit dir kommen?"

„Ich denke, es ist am besten, wenn du hierbleibst", sagte ihr Vater. „Drüben bei den Parkers sind alle ganz durcheinander – vor allem Samantha. Mr Parker hat mir erzählt, dass sie glaubt, es sei alles ihre Schuld."

Als Mr Foster sah, wie besorgt Laura war, drückte er sie fest an sich. „Es wird bestimmt alles wieder gut."

Kurze Zeit später stand Laura allein in der Küche. Ihre Mutter war oben bei Max und ihr Vater unterwegs zu den Parkers. Unruhig ging sie zum Fenster und blickte hinaus in die aufziehende Dunkelheit. Wenn sie doch nur wüsste, wo Jessica war!

Plötzlich hatte sie eine Idee. Natürlich! Sternenschweif konnte ihnen helfen. Sie mussten nur in den steinernen Spiegel sehen! Er würde ihnen zeigen, wo Jessica steckte. Dass sie daran nicht schon früher gedacht hatte!

Entschlossen riss sie die Tür auf und rannte, so schnell sie konnte, zur Koppel.

„Sternenschweif!" Schon von Weitem begann sie nach ihm zu rufen. „Komm schnell zu mir! Du musst mir helfen!"

Als sie ankam, wartete Sternenschweif schon beim Gatter auf sie. Er wieherte laut.

„Jessica ist verschwunden", stieß Laura aufgeregt hervor und schnappte nach Luft. „Wir müssen sofort in den Wald zur ..."

Sein lautes Wiehern ließ sie mitten im Satz innehalten.

„Was ist denn los mit dir?“ Laura wunderte sich über sein seltsames Verhalten. Nur ein einziges Mal zuvor hatte sie ihn so aufgeregt gesehen – damals, als Max und Buddy sie beinahe bei dem Verwandlungszauber überrascht hätten. Plötzlich weiteten sich ihre Augen, und sie begriff, was Sternenschweif ihr sagen wollte. Waren sie etwa nicht allein?

Sie wirbelte herum, als erwarte sie, hinter sich jemanden zu sehen. Aber da waren nur die vertrauten Umrisse der Büsche und Bäume, die sich schattenhaft gegen den nächtlichen Himmel abhoben.

Laura lauschte angestrengt in die Nacht hinein. Auf einmal vernahm sie in der Stille ein leises Rascheln.

Vor Schreck machte ihr Herz einen Sprung. Das Geräusch kam aus den Büschen, die in der Nähe des Gatters wuchsen. Laura holte tief Luft und ging vorsichtig ein paar Schritte darauf zu. „Hallo!“, rief sie mit gepresster Stimme und hoffte, dass man ihr ihre Angst nicht anhörte. „Ist da jemand?“

Durch die Stille der Nacht drang ein Schluchzen. Lauras Angst war vergessen. Sie bahnte sich einen Weg durch die Büsche, indem sie die Äste mit beiden Händen auseinanderbog.

„Jessica!“

Ihre Freundin saß zusammengekauert auf einer freien Stelle im Dickicht. Tränen strömten ihr über das Gesicht. Als sie Laura erkannte, vergrub sie es in den Händen und schluchzte erneut auf.

„Was tust du denn hier?“, fragte Laura sie völlig fassungslos.

Jessica konnte nicht antworten und schluchzte nur immer mehr. Laura kroch näher zu ihr hin. „Jessica, bitte komm da raus." Behutsam legte sie den Arm um ihre weinende Freundin und half ihr Stück für Stück aus dem Gebüsch. Sternenschweif kam zu ihnen und schnupperte an Jessicas kalten Händen.

„Alle suchen nach dir", sagte Laura leise und schaute ihre Freundin fragend an. „Was ist denn bloß passiert?"

„Etwas ganz Schreckliches." Trost suchend vergrub Jessica den Kopf in Sternenschweifs Mähne.

Laura konnte kaum verstehen, was sie sagte. „Ach, Laura. Am liebsten würde ich nie mehr nach Hause zurückgehen."

„Aber warum? Was ist denn los?"

Jessica schniefte. „Heute Nachmittag war Samantha noch gemeiner als sonst! Wir wollten doch unsere Kleider für die

Hochzeit anprobieren. Aber Samantha gefielen weder die Schuhe noch der Haarschmuck, den wir ausgesucht hatten. Und dann hat sie mitten im Laden ganz laut gesagt, ich wäre ja sowieso noch viel zu klein und hätte überhaupt keine Ahnung. Nachdem Sally ihr widersprochen hat, hat sie kein einziges Wort mehr gesprochen. Und dann kam das Schlimmste: Als wir zu Hause ankamen, haben Dad und Sally verkündet, dass Samantha und ich uns nach der Hochzeit mein Zimmer teilen sollen!"

„Dein Zimmer teilen!" Fassungslos wiederholte Laura die Worte ihrer Freundin.

Jessica nickte aufgebracht. „Mein Vater glaubt, dass wir uns so besser kennenlernen können. Aber ich will Samantha doch gar nicht besser kennenlernen", schluchzte sie. „Sie hasst mich sowieso nur. Und ich wette, sie freut sich, dass ich weggelaufen bin."

Laura schüttelte den Kopf.

„Nein, das stimmt nicht. Sie macht sich schreckliche Sorgen um dich."

„Als ob Samantha auch nur einen Gedanken an mich verschwenden würde!"

„Sie hat aber wirklich Angst um dich", beharrte Laura. „Dein Vater hat es meinem am Telefon gesagt."

„Die tut doch nur so", widersprach Jessica. „Ich bin ihr doch piepegal." Und schon brach sie wieder in Tränen aus.

Laura nahm sie in den Arm. Könnte sie Jessica doch bloß beweisen, dass Samantha sich tatsächlich Sorgen um sie machte.

Plötzlich wieherte Sternenschweif. Laura schaute ihn an. Er blickte auffordernd zum Wald hinüber.

Ihr Atem stockte kurz. Natürlich! Dass sie nicht selbst darauf gekommen war. Es gab tatsächlich einen Weg, Jessica zu beweisen, dass Samantha ihr Verhalten leidtat. Aber dafür mussten sie ihr Sternenschweifs Geheimnis verraten.

Zögernd löste Laura sich von Jessica und trat zu Sternenschweif. „Bist du dir wirklich absolut sicher?", flüsterte sie ihm ins Ohr. Sternenschweif wieherte leise und nickte mit dem Kopf.

„Einverstanden. Dann wollen wir es wagen", sagte Laura und ging zu Jessica zurück. „Ich kann dir beweisen, dass Samantha sich wirklich Sorgen um dich macht."

Jessica runzelte ungläubig ihre Stirn. „Wie willst du das denn machen?"

„Das erzähle ich dir gleich", erwiderte Laura. „Aber erst musst du mir versprechen, dass du danach ganz bestimmt das tust, worum ich dich bitte."

„In Ordnung. Das verspreche ich dir."

Laura schluckte einen großen Kloß im Hals herunter. Hoffentlich tat sie das Richtige! Sie nahm Jessicas Hand. „Dann werde ich dir jetzt zuerst ein Geheimnis anvertrauen. Bitte hab keine Angst. Sternenschweif ist nämlich in Wirklichkeit kein ganz normales Pony, Jessica. Er ... er ist ..." Sie holte tief Luft. „Sternenschweif ist ein Einhorn."

Einen Moment lang schien Jessica so verdattert zu sein, dass sie nicht wusste, was sie sagen sollte. Dann musste sie trotz ihres Kummers laut loslachen. „Also, wirklich ..., ein Einhorn! Sei doch nicht albern, Laura!"

„Aber er ist tatsächlich ein Einhorn", protestierte ihre Freundin.

Jessica starrte sie ungläubig an. „Einhörner gibt es doch nur in Märchen –"

„Dann pass jetzt mal auf", fiel Laura ihr ins Wort. Aufgebracht drehte sie sich zu Sternenschweif herum, sprach leise den Zauberspruch – und an Stelle des Ponys stand jetzt ein weiß schimmerndes Einhorn vor ihnen.

Jessica sah aus, als ob sie vor Schreck in Ohnmacht fallen würde. Mit weit aufgerissenen Augen starrte sie Sternenschweif an und stammelte: „Aber, aber, das ist doch ..."

„Siehst du", sagte Laura triumphierend. „Wie ich dir gesagt habe. Einhörner gibt es doch!"

Langsam ging Jessica auf Sternenschweif zu. „Es ist so wunderschön!" Ihre Hand zitterte leicht, als sie sie ausstreckte und behutsam auf Sternenschweifs Hals legte. „Das ist einfach nicht zu fassen! Wenn ich das den anderen erzähle!"

„Und genau das darfst du nicht, Jessica!", sagte Laura sehr bestimmt. „Das muss ein Geheimnis bleiben. Niemand darf davon erfahren."

Jessica runzelte die Stirn. „Aber warum denn nicht?"

„Darüber sprechen wir später", vertröstete Laura sie. Es war mittlerweile schon ganz dunkel geworden, und mit jeder Minute, die verstrich, machte sich Jessicas Familie bestimmt noch mehr Sorgen. Jetzt mussten sie erst ihren Plan in die Tat umsetzen und dann Jessica so schnell wie möglich wieder nach Hause bringen. Fragend blickte sie Sternenschweif an. „Kannst du uns beide tragen?"

„Aber natürlich", antwortete er.

Jessica konnte es kaum glauben. „Er kann sprechen!", rief sie aufgeregt.

„Natürlich kann er das. Du kannst ihn jetzt hören, weil du ihn berührst. Es genügt jedoch auch, wenn du nur ein Haar seiner Mähne in der Hand hältst. Später braucht man das nicht mehr", erklärte Laura. Bevor Jessica weitere Fragen stellen konnte, fuhr sie fort: „Komm, steig auf. Ich erkläre dir alles unterwegs."

Während Sternenschweif sie auf dem schnellsten Weg zur Lichtung flog, erzählte Laura Jessica alles über die Einhörner und darüber, wie sie Sternenschweifs Geheimnis entdeckt hatte. Jessica lauschte ihr ganz gebannt. „Dann gibt es also noch mehr Einhörner?", wollte sie wissen, als Sternenschweif auf die Lichtung niedersank.

„Ja", bestätigte Laura. „Und sie sehen alle wie kleine graue Ponys aus. Sie können sich nur in Einhörner verwandeln, wenn sie jemanden finden, der an Magie glaubt und den Zauberspruch kennt."

„So wie du", sagte Jessica bewundernd, als Sternenschweif auf dem weichen Gras landete. Laura nickte und rutschte von Sternenschweifs Rücken.

„Ich würde alles tun, um auch ein Einhorn zu finden", seufzte Jessica sehnsüchtig und glitt ebenfalls von Sternenschweifs Rücken.

Sie betrachtete die Glühwürmchen, die in der dunklen Nachtluft tanzten.

„Mensch, das sieht ja aus wie im Märchen", stellte sie fest. „Aber wozu sind wir eigentlich hierhergekommen?"

„Wir sind hier, damit ich dir beweisen kann, wie traurig Samantha ist, dass du weggelaufen bist", erklärte Laura und schritt auf einen der rosa-grauen Steine zu. Sie hoffte von ganzem Herzen, dass ihr Plan gelingen würde.

Sternenschweif stellte sich neben sie. „Ich wünsche mir, Samantha zu sehen", sagte Laura mit fester Stimme, und Sternenschweif berührte den Stein mit seinem silbern glänzenden Horn.

Jessica stockte der Atem, als der violette Blitz aufleuchtete und Nebelschwaden unter dem Stein hervorquollen. Halt suchend griff sie nach Lauras Arm.

„Es ist alles in Ordnung", beruhigte Laura sie. „Hab keine Angst. Sieh doch nur, was jetzt passiert."

Genau wie beim ersten Mal zog sich der Nebel langsam wieder von dem Stein zurück, und seine Oberfläche begann in einem silbrigen Glanz zu schimmern. Die Mädchen konnten zwei verschwommene Umrisse erkennen, die allmählich immer deutlicher wurden.

„Das sind ja Samantha und Sally!", rief Jessica erstaunt.

Tatsächlich zeigte ihnen der steinerne Spiegel die Küche in Jessicas Haus. Samantha und ihre Mutter saßen am Tisch. Sie sahen ganz niedergeschlagen aus.

„Wenn du näher herangehst, kannst du auch hören, was sie sagen“, sagte Laura zu Jessica.

Gemeinsam beugten sie sich über den Spiegel. „Sie ist jetzt schon seit Stunden weg“, sagte Samantha gerade weinend zu ihrer Mutter. „Was machen wir, wenn sie nicht wiederkommt?“

„Das wird sie schon“, tröstete Sally sie und strich ihr sanft übers Haar. „Ich bin sicher, dass wir sie bald finden werden.“

„Und wenn nicht? Das ist alles nur meine Schuld“, schluchzte Samantha verzweifelt. „Ich wünschte, ich wäre nicht so gemein zu ihr

gewesen! Aber ich hatte so viel Angst davor, hierherzuziehen. Hier gehört doch alles Jessica. Es ist ihr Zuhause und ihr Leben – und ich komme mir wie ein Eindringling vor."

„Ich weiß, Sam." Ihre Mutter schaute sie verständnisvoll an. „Aber unser altes Haus liegt einfach zu weit von Pauls Arbeit entfernt." Beruhigend fuhr ihre Hand weiter über Samanthas Haar. „Es wird bestimmt nicht lange dauern, bis du dich hier eingelebt und neue Freunde gefunden hast. Das verspreche ich dir. Und Jessica wird dir sicher gerne dabei helfen."

„Wenn sie zurückkommt", antwortete Samantha unglücklich. „Aber was ist, wenn ihr etwas Schlimmes passiert?"

Sally drückte sie fest an sich, aber Laura konnte genau sehen, dass sie sich ebenfalls große Sorgen machte.

Sie schaute Jessica an. Ihre Freundin war bleich und sah ganz erschüttert aus. Laura drückte ihre Hand. „Siehst du? Samantha mag dich wirklich. Sie macht sich solche Sorgen um dich! Sie war so unausstehlich, weil sie Angst davor hatte, was sie erwartet. Genau wie du! Aber du wirst sehen, es wird schon nicht so schlimm werden, wenn dein Vater und Sally heiraten", sagte sie sanft. „Und vielleicht findest du es eines Tages ja sogar toll, eine Schwester zu haben."

Jessica schluckte hart. Dann blickte sie Sternenschweif fragend an. „Kannst du mir auch zeigen, wie es nach der Hochzeit wird?"

Sternenschweif schüttelte verneinend den Kopf. „Niemand kann in die Zukunft sehen", entgegnete er. „Nicht einmal wir Einhörner."

Aufmunternd stupste er seine Nase gegen ihre Schulter. „Die Zukunft liegt in deinen eigenen Händen, Jessica. Was daraus wird, entscheidest du selbst. Aber ich bin mir sicher, dass jetzt, wo du weißt, was Samantha wirklich fühlt, alles gut werden wird – wenn du es möchtest."

Jessica atmete tief durch. „Ja, das möchte ich wirklich", sagte sie entschlossen. Sie blickte zurück in den Spiegel. „Da ist ja mein Vater", rief sie plötzlich. „Seht doch nur!"

Mr Parker war soeben in die Küche gekommen. Kopf an Kopf beugten Laura und Jessica sich vor, um besser hören zu können.

Sally sprang auf. „Habt ihr sie gefunden?"

Betrübt schüttelte Mr Parker den Kopf. „Ich hatte gehofft, dass sie sich vielleicht bei euch gemeldet hätte."

„Nein ... nein, wir haben nichts von ihr gehört", sagte Sally niedergeschlagen.

Verzweifelt fuhr sich Mr Parker durch die Haare. „Wo kann sie nur sein?", stöhnte er.

Besorgt sah Sally ihn an. „Wir sollten wohl wirklich darüber nachdenken, die Hochzeit abzusagen", sagte sie mit zitternder Stimme.

„Nein!", rief Jessica. „Bitte, Sternenschweif, bring mich so schnell wie möglich nach Hause!"

Kapitel 9

Während Jessica sich bereits auf Sternenschweifs Rücken schwang, fielen Laura die Mondblumen wieder ein, die sie für den Trank des Vergessens brauchte. Rasch pflückte sie zwei der purpurfarbenen Blüten. Plötzlich hatte sie Angst. Würde Jessica auch wirklich ihr Versprechen halten? Würde sie tun, worum sie sie bitten musste, sobald sie bei ihr zu Hause angekommen waren?

Auf dem Rückweg sprach keins der Mädchen ein Wort. Der kurze Flug schien Stunden zu dauern. Endlich landete Sternenschweif zwischen den Bäumen in der Nähe des Hauses. Das war ein sicherer Platz, um nicht entdeckt zu werden.

„Du musst noch einen Moment hierbleiben“, stoppte Laura Jessica, nachdem sie beide abgestiegen waren.

„Aber das geht nicht. Ich muss jetzt unbedingt mit Samantha reden.“

„Es dauert nicht lange“, versicherte Laura. „Aber wir müssen vorher noch etwas erledigen.“

„Und was ist das?“

Laura holte tief Luft. „Nun ja, bevor ich Sternenschweif in ein

Einhorn verwandelt habe, hast du mir doch etwas versprochen. Du wolltest tun, um was auch immer ich dich bitte."

„Stimmt." Jessica fiel ihr Versprechen wieder ein.

„Bevor du nach Hause gehst, musst du den Trank des Vergessens trinken, damit du dich nicht mehr erinnern kannst, dass du Sternenschweif in seiner wahren Gestalt gesehen hast. Dafür habe ich das hier mitgebracht." Laura zog eine kleine Flasche mit Wasser aus ihrer Tasche, die sie noch schnell im Stall abgefüllt hatte. „Wir brauchen es, um den Trank zuzubereiten."

„Werde ich mich gar nicht mehr an ihn erinnern können?", fragte Jessica traurig.

Laura schüttelte den Kopf.

„Aber ... ich ..." Jessica wusste nicht, was sie sagen sollte.

„Nur so ist Sternenschweif sicher", erklärte Laura ihr. „Wenn irgendjemand sein Geheimnis erfährt, könnte ihn das in große Gefahr bringen. Und das willst du doch nicht, oder?"

„Natürlich nicht", sagte Jessica langsam.

„Dann wirst du also davon trinken?", fragte Laura sie.

Jessica nickte. „Ja, das werde ich."

„Gut. Dann muss ich jetzt nur noch die beiden Mondblumen und ein Haar von Sternenschweifs Mähne ins Wasser tun. Und dann halte ich die Flasche zehn Sekunden ins Mondlicht. Wenn sich alles im Wasser aufgelöst hat, ist der Trank des Vergessens fertig."

Behutsam zupfte sie ein Haar aus Sternenschweifs langer Mähne und ließ es mit den zwei Blüten in die Flasche fallen. Das Wasser blubberte und sprudelte und färbte sich purpurrot. Laura hielt es in das Licht des Mondstrahls, der sich zwischen den Ästen der Baumkronen seinen Weg bahnte. Noch während sie auf die Flasche schauten, wurde das Wasser wieder klar. Ein leichter, süßlicher Duft wie nach Limonade stieg aus der Flasche auf.

„So, fertig", sagte Laura, nachdem sie langsam bis zehn gezählt hatte. Sie reichte Jessica die Flasche, die zum Abschied das silbern schimmernde Fell des Einhorns streichelte. „Leb wohl, Sternenschweif", flüsterte sie. Sternenschweif blies sanft seinen Atem in ihr Gesicht. Dann ergriff Jessica die kleine Flasche. „Na dann, runter damit", sagte sie und leerte sie mit einem großen Schluck.

Gespannt sah Laura ihr dabei zu. Eigentlich hatte sie erwartet, dass etwas passieren würde – vielleicht ein violetter Blitz oder ein ähnliches Zeichen –, aber nichts geschah. Jessica gab Laura die leere Flasche zurück. „Es hat gar nicht so schlecht geschmeckt, irgendwie süß und fruchtig." Sie runzelte die Stirn. „Aber ich kann mich immer noch an Sternenschweif erinnern."

„Im Zauberspruch steht, dass es ein bisschen dauert, bevor der Zauber wirkt", sagte Sternenschweif.

Laura schaute zum Haus hinüber. „Du solltest jetzt besser gehen." Durch die Küchenfenster konnte sie sehen, wie Mr Parker unruhig auf und ab ging, während Sally Samantha im Arm hielt.

„Sie machen sich alle schreckliche Sorgen um dich. Sie sollten wissen, dass dir nichts passiert ist."

„Ja, natürlich", sagte Jessica. „Aber ich möchte dir und Sternenschweif noch für alles danken. Ich weiß nicht, was ich ohne euch getan hätte!" Damit drehte sie sich um und rannte auf das Haus zu. Sie war beinahe schon an der Tür angelangt, als sie plötzlich stehen blieb.

„Was tut sie denn da?", fragte Laura Sternenschweif leise, als sie sah, wie Jessica sich verwirrt umschaute.

„Ich glaube, der Zaubertrank fängt an zu wirken", flüsterte Sternenschweif zurück.

Dann schüttelte Jessica verdutzt den Kopf und verschwand im Haus.

Laura und Sternenschweif sahen durch die Küchenfenster, wie die Sorge aus Mr Parkers Gesicht einem glücklichen Strahlen wich, als Jessica in die Küche stürmte. Wie Sally und Samantha erleichtert aufsprangen und wie sich alle glücklich umarmten.

Laura spürte einen dicken Kloß im Hals. Zum Glück war alles gut ausgegangen!

Einige Wochen später ritt Laura wieder zu Jessica. Ein großes weißes Auto parkte in der Einfahrt. Als sie mit Sternenschweif davor stehen blieb, öffnete sich die Haustür, und Jessica und Samantha stürmten heraus. Sie hatten cremefarbene Brautjungfernkleider an und strahlten bis über beide Ohren.

„Ich wette, wir kommen zu spät", hörte Laura Samantha zu Jessica sagen.

„Mein Vater kommt doch immer zu spät", antwortete Jessica.

„Na, dann gibt es von dieser Sorte jetzt auch noch zwei", erwiderte Samantha lachend.

Dann erschienen Sally und Mr Parker. Sally trug ein wunderschönes hellblaues Kleid und Mr Parker einen schicken grauen Anzug.

„Nun macht schon", drängelte Jessica und zog ihren Vater am Ärmel zum Auto.

In diesem Moment erblickte Sally Laura. „Hallo!", rief sie und winkte zur Begrüßung. „Jessica – sieh nur, da ist Laura!"

Jessica rannte auf ihre Freundin zu.

„Laura! Oh, Laura", stieß sie aufgeregt hervor. „Dad hat mir gerade etwas ganz Tolles erzählt. Stell dir vor, er will Samantha und mir ein Pony kaufen."

„Das ist ja großartig!", freute Laura sich für ihre Freundin.

„Ich sollte jetzt wohl besser gehen", sagte Jessica zu Laura. Sie streichelte Sternenschweif zum Abschied, als plötzlich ein verwirrter Ausdruck in ihr Gesicht trat. Sie runzelte die Stirn. Es schien fast so, als würde sie versuchen, sich an etwas zu erinnern. „Weißt du", begann sie. „Ich habe neulich Nacht etwas Merkwürdiges von Sternenschweif geträumt ..."

Ein lautes Hupen unterbrach sie, und der verwirrte Ausdruck wich aus ihrem Gesicht. „Ach, ist ja auch egal", sagte sie und lief rasch zum Auto.

Als sie einstieg, winkte Laura zum Abschied, und Sternenschweif wieherte laut. Dann fuhr der Wagen aus der Auffahrt und verschwand auf der Straße.

Laura schaute Sternenschweif an und lächelte. Ihr Geheimnis war wieder sicher. Niemand außer ihr und Mrs Fontana wusste, dass ihr Pony in Wirklichkeit ein Einhorn war. Und dass es sogar Steine zum Sprechen bringen konnte! Welche Zauberkräfte wohl noch in Sternenschweif verborgen waren? Um diese Kräfte zu entdecken, würden sie bestimmt noch manches aufregende Abenteuer gemeinsam erleben. Und was gab es Schöneres?